Ma Rose

Rose Noire

Ma Rose

LE LYS BLEU
ÉDITIONS

ISBN : 979-10-422-4137-7

Prologue

Je suis vieux, j'ai dix-huit ans. Enfin, vieux ou non, on a toujours des histoires à raconter même lorsqu'elles passent par un silence. En parlant de silence, connaissez-vous l'expression « le monde du silence » pour désigner le monde des sourds ? Si vous ne le saviez pas, des insolents nomment le monde des sourds « monde du silence ».

Je suis malentendant. Je n'entends pas bien, mais pas assez mal pour être qualifié de « sourd profond ». Et pourtant, je suis sourd ! Êtes-vous entendant ? Si vous entendez très bien, je vais vous appeler les « entendants profonds ». Dans la communauté des sourds, certains vous appellent comme ça pour rigoler, humour de sourd. Du haut de mes 18 ans, je n'ai jamais vécu dans le « monde du silence ». J'ai suivi un parcours scolaire comme la majorité des enfants, entouré d'entendants. Je n'ai jamais eu d'amis sourds avant mon année de première au lycée. Avec mes appareils auditifs, mon audition est équivalente à celle d'un entendant donc on peut considérer ce handicap comme un handicap invisible. Néanmoins, je fournis des efforts constants pour entendre et, pour tout comprendre, je lis sur les lèvres.

J'ai entamé la rédaction de cet ouvrage en 2021, en pleine crise du Covid. Je devrais écrire « de la Covid »… mais les conventions ne me conviennent pas. Parfois, elles sont laides, donc je les embellis. Et puis, au masculin, c'est mieux. Après tout, le Covid est un virus semblable aux hommes : on ne s'en débarrasse qu'après avoir souffert, on y est attaché sans savoir comment et lorsqu'on ne s'en débarrasse pas, on finit avec. Oui, je n'aime pas les hommes bien qu'ils m'attirent plus que les femmes. Voici l'autre aspect dont je vais parler dans ce livre : mon amour pour les hommes alors que j'en suis un.

Je vais vous raconter deux parallèles de ma vie. Je le ferai à travers le silence de la littérature puisqu'il me demande moins d'effort que de le faire à l'oral. Ainsi, je dépeindrai mon parcours de sourd et d'homosexuel.

J'écris sans mesurer mes mots, je balance des vérités générales qui sont à réfléchir, pas à prendre pour vérité absolue. Certains ont la fâcheuse manie de ne jurer que par les auteurs en empruntant leurs mots pour servir leurs idées personnelles. Beaucoup d'hommes politiques le font, mais le font mal. Je ne sers personne par mon vécu, je le réfléchis.

Heureusement, malgré beaucoup de tares dans la société actuelle, certains écoutent les revendications de la communauté LGBT ou de la communauté des sourds. Je parle de communauté, car les hommes ont toujours besoin de marquer les différences de chacun et de se regrouper par communautés de différences. Les Blancs sont communautaires, les Noirs le sont, les religieux le sont, les Asiatiques le sont également et la liste est encore longue, ainsi, il existe même des communautés par territoires. Le terme de communauté que j'utilise, dès le début, est sciemment employé. Je ne parle pas de communautés exclusives comme des sectes, mais de groupes d'appartenance qui permettent à des personnes de reconnaître en quelqu'un d'autre un alter ego. Si certains seront rigoureux sur le terme qui semble fractionner un plus grand groupe comme une nation, je parlerai d'autant plus de communauté à différentes échelles. En prenant l'exemple de la communauté française et ceux qui se revendiquaient « vrais Français », nous voyons une tendance à exiger un devoir d'intégration, de mimétisme à ce cercle communautaire pour des personnes qui ne viennent pas directement de la France et qui n'adoptent pas les mêmes mœurs communautaires. Finalement, il y a des communautés à grandes échelles comme celles que l'on retrouve à l'échelle nationale, puis de plus petites par groupe d'appartenance politique, religieuse, ethnique et j'en passe. En résumé, l'humain est un animal social qui a besoin de vivre en communauté et il est obligé de s'y conformer pour se reconnaître en autrui. Il s'agit du principe de rassemblement de personnes autour d'un même mythe pour former une configuration sociale.

Ce livre est le développement d'une expérience personnelle ainsi que d'une pensée critique à l'égard de la société occidentale. Il permet de comprendre, partiellement seulement, ce que peuvent ressentir certaines personnes LGBT ou encore certaines personnes sourdes.

En premier lieu, je développerai des idées à propos de l'éducation qui me semble être majoritairement à l'origine des stigmatisations et des violences. Ensuite, je raconterai mon parcours pour savoir comment j'ai pris conscience de mon homosexualité et comment j'ai su que j'étais sourd. Puis, je détaillerai quels ont été les difficultés ou les obstacles que j'ai rencontrés. Enfin, je partagerai mon regard sur la société dans laquelle nous sommes à travers divers angles d'approche, en m'intéressant par exemple aux médias ou à la religion.

Le savoir-vivre

Il y a quelque temps, au moment où j'écris, les thérapies de conversion étaient autorisées en France et on torturait des personnes pour qu'elles soient à l'image souhaitée par la famille.

Je l'écris dans un silence haut et fort, on naît pour vivre notre vie, pas celle que veulent les autres ! Je m'adresse à ceux qui souhaitent être parents cette fois-ci. Ne faites pas d'enfants si c'est pour les détruire après. Un enfant n'est pas un jouet que l'on façonne à notre guise, et ce, depuis la naissance. Le voir grandir, l'éduquer, lui donner de l'amour ne vous donne aucun droit sur son libre arbitre ni même sur ce qu'il est et veut devenir. C'est votre devoir et votre responsabilité de lui donner ce dont il a besoin.

Il y a environ un mois, lorsque j'ai commencé ce livre, des personnes de ma famille me disaient de ne pas mettre de vernis à ongles ni de bagues parce que je suis un garçon. Pourtant, lorsque l'on regarde l'utilité de ces produits, le vernis sert à vernir des ongles et les bagues à accessoiriser les doigts, pas seulement ceux des filles. De même, on se sert du maquillage dans de nombreuses cultures du monde pour s'embellir et, par le passé en France, les nobles et le roi se maquillaient.

Ne laissez donc personne vous dire ce que vous avez à faire de vous-même car, dès lors, vous pouvez intégrer qu'il est « normal » de faire ci pour des garçons, « normal » de faire ça pour des filles. En intégrant ces idées, vous vous enfermez dans des cases qui sont les origines de la stigmatisation dont je parle. Maintenant, si je pousse ma réflexion plus loin, remplacez « il est normal pour une fille de faire ça » par « il est normal pour un Noir de faire ci, il est normal pour un Asiatique de faire ça ». Il y a des connotations qui, à mon sens, paraissent dangereuses au niveau de la stigmatisation ou des amalgames que l'on peut faire avec. Si on essaie, cela donne : « La place de la femme, c'est à la cuisine » qui devient « La place du Noir, c'est à la cuisine ». Je crois, sans exagérer, que ces phrases posent un problème éthique grave.

Évidemment, il existe des règles correspondant à ce qu'on appelle le « savoir-vivre ». N'interprétez pas mal ce que j'écris, nous ne pouvons pas nous permettre de tout faire. Il y a des limites morales et légales à ne pas dépasser. Cependant, tant que vous ne faites de mal à personne, vous pouvez faire ce que vous voulez. Du moins, c'est ce que je pense être la liberté fondamentale et qui est légitime. Qu'est-ce que le savoir-vivre finalement ? Il reprend un ensemble de règles qui nous permettent de vivre en société en nous privant des actions immorales ou des actions pouvant entraver la liberté des autres.

Quand j'étais petit, on me disait toujours ce que je devais faire ou ne pas faire en public. La politesse, c'est du savoir-vivre. Nos libertés sont contraintes par le vivre-ensemble qui nous apporte en retour la sphère affective et sociale dont l'être humain semble nécessiter. La politesse et le respect des goûts de chacun doivent aller de pair. Dans certaines éducations, le savoir-vivre ne s'accorde pas avec le respect de ces goûts personnels.

Je me rappelle une sortie durant laquelle j'ai eu peur d'un punk avec une crête bleue, des piercings de partout et plein de tatouages. Cela était lié à certains aspects de mon éducation qui me faisaient appliquer des stéréotypes sur cet individu.

Maintenant que j'ai réfléchi et pris du recul sur cette éducation, j'ai des amis tatoués, aux cheveux colorés ou avec des piercings. Pourquoi ai-je craint cet homme pas plus dangereux qu'un agneau ? Parce que j'ai été mal éduqué en ayant reçu tout un tas d'idées, d'opinions, de stéréotypes et de préjugés qui ne sont pas fidèles au réel.

Sachez, chers parents qui lisent ces lignes, que la peur de l'inconnu est normale, c'est peut-être même dans nos gènes, comme une réaction primaire pour se protéger. Cependant, vous pouvez choisir de rester à l'état primitif ou d'évoluer. On a bien appris à dompter le feu, pourquoi pas nos peurs de l'autre ? Apprenez à vos enfants à aimer, c'est une force qui dépasse toutes les peurs et toutes les haines.

La catégorisation de tenues ou d'attitudes à avoir selon son sexe a créé des limites et des barrières en société qui stigmatisent souvent les personnes qui les franchissent. Pourtant, chacun est censé être libre de pouvoir mettre ce qu'il veut, tant que cela ne vient pas obstruer la liberté d'autrui. Comme disait John Stuart Mill, inspiré des philosophes des lumières : « Notre liberté s'arrête là où celle des autres commence. »

Les personnes qui imposent aux autres ce qu'ils ont à faire de leurs corps et qui utilisent leur « liberté d'expression » dépassent le stade de liberté d'expression et la transforment en oppression ou autoritarisme infondé. Ce sont des individus qui ne maîtrisent pas le savoir-vivre et qui rendent le lien social fragile.

Les esprits nébuleux

J'ai souvent entendu dire que si des homosexuels se faisaient agresser c'est parce qu'ils « provoquent » dans leur façon de s'habiller. Lorsque j'avais 15 ans, j'ai subi une agression homophobe. Contre toute attente, je n'avais ni vernis, ni bague, ni maquillage quand j'ai connu mon agresseur. Figurez-vous donc que vos enfants ne seront protégés de rien si vous les empêchez de vivre. Laissez-les en paix.

Personnellement, depuis que je suis maquillé, que mes ongles sont vernis, que mes doigts sont ornés de bagues et que je porte une boucle d'oreille, je n'ai pas subi d'autre agression physique. L'argument selon lequel on n'attire les violences que si on « provoque » ne tient pas la route. C'est du même degré d'idiotie que les personnes qui pensent que la tenue de la fille justifie qu'elle se soit fait violer.

En revanche, il existe bien des endroits où s'assumer et s'afficher peut devenir dangereux, car ils regroupent certaines personnes dont l'esprit est mal éduqué et qui entraînent diverses violences. Je ne me baladerai pas avec du vernis dans les quartiers où beaucoup d'homosexuels se sont fait agresser. Je ne conseillerais pas non plus à une fille de sortir dans la rue quand il n'y a personne et qu'il fait nuit. Il y a des êtres, soit très mal éduqués, soit détraqués qui rôdent dehors. Je parle d'êtres, car j'ai du mal à comprendre leur humanité. Je précise dehors pour ceux qui n'ont aucun problème chez eux. Néanmoins, il serait absurde de nier que le problème ne puisse pas venir de la famille. Certains peuvent se sentir en danger chez eux, et leur maison n'est pas un foyer chaleureux où tous ont reçu une éducation qui permet l'harmonie.

Bien sûr, l'éducation ne fait pas tout. Chacun a son histoire, ses déviances, ses défauts, ses pulsions malsaines. On peut discerner ce qui tient de l'éducation et ce qui tient des failles que nos histoires ont pu créer. Certains dérivent malgré eux dans des troubles psychiatriques, d'autres dans des dépendances à l'alcool qui les font changer. Je ne cite que deux raisons parmi tant d'autres qui font qu'ils deviennent des personnes pouvant potentiellement être dangereuses pour les autres, sans que la famille y soit pour quelque chose.

Lorsque l'éducation est bancale, c'est souvent à cause d'un tabou. Là où on ne pose pas les mots et où règne le silence, là où il y a une absence de sens, ici, il y aura des désordres. Ne rien expliquer aux enfants, c'est trahir la relation de confiance entre un parent et sa progéniture. Certains acceptent plus facilement les violences du silence que d'autres, mais cela n'empêche pas que cela reste une violence que je condamne.

Dans l'éducation, la sexualité ne devrait pas être un sujet tabou. Les enfants ou adolescents ont tendance à se poser des questions ; vous-même, souvenez-vous de vos jeunes années. Ils vont donc s'intéresser à ces sujets, tôt ou tard, mais s'informer n'est pas toujours facile et on peut ne pas tout savoir sur des aspects, pourtant essentiels, de la sexualité. Le rôle des parents et de prévenir sur ces choses-là.

Bien évidemment, il y a différentes formes d'éducation. Il n'existe pas un seul modèle qui soit le modèle unique d'excellence. Après tout, s'il y avait un guide tout fait pour être des parents parfaits, cela se saurait. En revanche, paradoxalement, nous savons quelles missions les parents ont à accomplir *a minima*. Donner de l'amour à leur enfant, le loger, le nourrir, l'occuper, l'éduquer aux règles sociales font partie de ces missions que doit respecter un parent. Nous savons aussi définir, à partir de ces missions, ce qu'est un parent ignoble.

Par ailleurs, quelqu'un de moins bien éduqué peut très bien se comporter dans la mesure où il aura réfléchi sur son éducation et en aura compris les failles ou les tares. Il n'existe pas de fatalité, simplement des influences plus fortes que d'autres.

Le rôle de l'éducation est donc d'améliorer la vie de l'enfant, de promouvoir son autonomie, de lui faire découvrir ses goûts, ses points faibles, ses forces et de lui donner suffisamment d'amour pour que son estime de lui-même grandisse de façon saine. Son rôle est également de prévenir, de communiquer sur tous les actes potentiellement dangereux pour l'enfant ou pour les autres quand les actes mortifères viennent de ce dernier . Il faut lui apprendre à ne pas se bagarrer avec autrui, à respecter les autres, à ne pas céder à certaines émotions très violentes qui peuvent finir par détruire. C'est de ça dont il faut prémunir les enfants, pas de la diversité des goûts ou de l'originalité de chacun. La vie est une suffisamment rude épreuve pour avoir des règles contraignantes supplémentaires qui engendrent la peur ou la haine. Entre la peur et la haine, je le dis, il n'y a qu'une fine frontière. La mission de l'éducation est de privilégier l'amour à la peur et de permettre un monde plus harmonieux.

Violences homophobes

Pour en revenir à moi et donner un exemple de ce que peut donner une mauvaise éducation, je vais vous parler de l'agression homophobe que j'ai mentionnée précédemment.

Mon agresseur était un magnifique garçon de 17 ans qui venait d'Andorre. J'étais en Irlande durant l'été de seconde à première, à l'occasion d'un séjour linguistique. Toute la première semaine s'était passée à merveille : ma famille d'accueil était géniale, les personnes du groupe l'étaient aussi, tout comme ce beau brun. J'avais des cours d'anglais tous les matins à 9 h. Le mardi de la deuxième semaine, ce matin-là, ce rapace m'attendait en me bloquant le passage dans les escaliers. Il avait un regard à la fois triste, dégoûté et haineux, mais il souriait, content de m'embêter. Je suis du genre à avoir du répondant et je ne me laisse jamais faire. Je l'ai donc bousculé dans les escaliers, mais il s'est rattrapé à la rampe, m'a bondi dessus, m'a pris par le cou, m'a soulevé et plaqué contre le mur derrière moi avec un regard fielleux que je n'oublierai jamais et que je revois encore. Je l'ai regardé droit dans les yeux, avec mon regard le plus glacial possible, pour ne pas perdre contenance et lui ai répété trois fois « lâche-moi ». Une jeune fille de 13 ans, qui assistait à la scène, s'est mise à crier son nom pour qu'il arrête. Il m'a insulté de « sale pédé » en me lâchant. Sa serre d'aigle à mon cou est une sensation qui m'a pétrifié, mais je n'ai rien laissé paraître et j'ai essayé de rassurer tous ceux qui ont été mis au courant.

Chers parents, éduquez vos enfants pour qu'ils n'agressent pas, voire ne harcèlent pas, leurs camarades. Voyez-vous, s'il ne m'avait pas lâché, je me serai battu pour me défendre et, costaud comme il était, on aurait eu l'un de nous deux à l'hôpital, ou possiblement les deux…

Cette anecdote est importante à retenir parce que ce n'est pas la seule histoire qui met en avant certains problèmes ou blessures que l'on peut rencontrer exclusivement lorsqu'on est homosexuel. Aucun hétéro ne va se faire insulter de « sale pédé », ni même se faire étrangler contre un mur pour son orientation sexuelle. Avant de développer les autres difficultés liées à mon homosexualité, comme je l'ai énoncé dans le prologue, reprenons dans l'ordre chronologique.

Comment ai-je su que j'étais homosexuel ? Quand m'en suis-je rendu compte ? Et, y avait-il des choses de mon enfance qui laissaient paraître un préambule ?

Les signes avant-coureurs

Ce qu'il faut savoir, c'est que je n'ai jamais été un enfant stable, en partie à cause de mon audition. Sur ce point, j'y reviendrai plus tard. Lorsque j'étais petit, je regardais beaucoup de dessins animés. À 4 ans, je me souviens avoir été fan de Popeye. Mais, à 4 ans, j'étais attiré par un géant à deux têtes que Popeye avait vaincu à coup de poing après avoir mangé des épinards. Je me souviens de ce détail, car j'étais mal à l'aise, j'avais envie d'aller aux toilettes et j'étais dans un cinéma qui repassait les vieux dessins animés. Je n'en ai parlé à personne. C'est normal, mes attirances, ça me regarde. Mais, ce géant avait eu une puissance d'attraction sur moi par, je ne sais quelle diablerie.

Lorsque j'ai vu Aladin pour la deuxième fois avec mes appareils, j'ai enfin compris l'histoire, puisqu'avant, je ne faisais que regarder des images et imaginer des scénarios avec. Je voulais qu'Aladin m'emmène sur son tapis. Je voulais des câlins de sa part au milieu des nuages et écouter sa belle voix grave me chanter des chansons d'amour.

Là sont les signes qui, pour moi, révélaient mon désir pour les hommes lorsque je fouille dans ma mémoire. Ce qui est amusant, c'est qu'on me demandait toujours « Es-tu amoureux d'une fille ? » et je répondais que j'étais amoureux de ma meilleure amie. En réalité, je ne l'aimais pas, je l'admirais. Pendant longtemps, elle était comme un phare dans la nuit pour moi.

Avant, je ne connaissais la notion d'homosexualité que parce que ma mère avait des amis homosexuels. Ils étaient adorables avec moi, mais, en parallèle, je ne m'associais pas à l'homosexualité, car je ne connaissais que leur image, que cette représentation. Je parlerai des difficultés de représentation plus tard dans le livre lorsque j'aborderai la partie sur toutes les difficultés. Je parlerai du moment où j'ai mis des mots sur ce ressenti dans mon prochain chapitre.

La prise de conscience

J'ai véritablement pris conscience de mon homosexualité en 6e. Vous savez les hormones, la découverte de sa sexualité, de ses désirs… Je l'ai vite compris lorsque dans les vestiaires des garçons, j'en fixais un et j'avais extrêmement chaud dès qu'il se déshabillait.

À la récré, je parlais de choses explicites avec un pote, et je savais qu'il regardait de la pornographie. Moi, je n'osais pas par peur de me faire surprendre par ma mère. J'ai négocié avec lui pour qu'il me ramène des photos. Mon dégoût se fit immédiat… Il n'y avait rien d'excitant ! C'étaient juste des femmes nues qui étaient pour moi inintéressantes.

À la fin des cours, à 15 h, j'ai demandé à ma mère si elle rentrait bien à 18 h et elle m'a répondu qu'elle rentrerait plutôt vers 18 h 30 cette fois-ci. J'étais sauvé et j'allais pouvoir ouvrir l'ordinateur. Je voulais voir du porno gay, mais je ne savais pas quoi taper sur internet. J'ai mis « vidéo homosexuelle ». Finalement, je suis tombé sur des extraits de romances homosexuelles. J'étais content parce que voir deux hommes que je trouvais beaux s'embrasser m'attirait. J'avais 10 ans et, pendant environ une heure, je repassais en boucle la même vidéo que j'avais trouvée, hypnotisé par les langues des deux garçons qui dansaient ensemble. Puis, vers 17 h, je pris mes précautions en effaçant tout mon historique, même mes précédentes recherches, au cas où, et j'éteignis l'ordinateur.

Le lendemain, j'avais sport. Cela signifiait que je reverrais le garçon que j'aimais enlever ses vêtements. Je rougissais toujours et détournais le regard vers mes propres affaires pour ne pas paraître suspect. Cependant, ce jour-là, ce garçon et un autre se sont collés ensemble et se sont frottés devant les autres gars de la classe. Ils rigolaient tous et moi, je n'ai jamais mis mes chaussures aussi rapidement de toute ma vie. Je suis sorti en trombe avec une érection et des doutes sur la sexualité de tous les garçons de ma classe, hormis un de mes amis qui n'avait pas ri. Je comprenais que je désirais vraiment ce garçon. En classe, il me faisait rire, il semblait intelligent et était beau. Mon prince charmant du haut de mes 10 ans, c'était lui.

Le jour suivant, déterminé à me tester dans ma sexualité, j'ai tapé sur Google « vidéo homosexuelle porno ». Là, un nouveau monde s'ouvrait à moi. J'ai cliqué sur le premier lien, puis sur la première vidéo où il y avait des garçons attirants. Après visionnage de cette vidéo, j'avais la certitude que ce porno-là me faisait un effet beaucoup plus plaisant que le porno hétérosexuel. C'est à ce moment précis que c'est devenu plus qu'une certitude pour moi…

En parallèle, on n'arrêtait pas de parler du mariage pour tous, même au sein de ma famille. Malheureusement, plusieurs étaient contre. Ils estimaient que le mot « mariage » était réservé à des garçons et filles ensemble. D'ailleurs, une personne de ma famille est allée à la manif pour tous qui aurait dû s'appeler la manif contre tous. Je n'étais pas quelqu'un sûr de moi à l'époque et me lamentais sur mon sort en permanence, ce qui ne m'aidait pas pour m'affirmer dans ma sexualité ou, du moins, dans mon coming out. J'avais une peur terrible qu'on sache mon doux secret. Ce tendre secret d'être homosexuel, je l'ai caché pendant trois ans. Trois années où je disais aimer les filles à mes proches, notamment avec mes amis hétéros qui parlaient des fesses et seins des filles.

Une fois avoir révélé mon homosexualité, je parlais des mecs et de leur corps avec les filles. Quand on est gay et qu'on a longtemps joué aux hétéros, on connaît les secrets des filles et des garçons de tous les bords. Connaissant ces confidences, nous sommes les meilleurs conseillers en amour, mais nous sommes aussi les moins chanceux pour trouver chaussure à notre pied lorsqu'on est jeune. En effet, à l'école, il y a rarement deux personnes gays dans une même classe.

Coming out

Après avoir été terrifié à l'idée qu'on ait connaissance de mon secret, j'ai regardé une vidéo d'un jeune Youtubeur, Antonin, qui faisait son coming out sur internet. Mais, d'abord, qu'est-ce que le coming out ? C'est le fait d'annoncer sa sexualité ou son identité de genre à quelqu'un. Ce qui me semble évident, c'est que les hétéros n'en font pas, et ce, parce que nous sommes dans une société hétéronormée. Ce n'est pas étonnant, il y a 60 ans, l'homosexualité était toujours considérée comme une maladie mentale. Il y a deux siècles, on pouvait mourir pour aimer quelqu'un du même sexe en France. Dans certains pays, l'homosexualité est encore passible de peine de mort. Le coming out peut être complètement anodin lorsque l'homosexualité est considérée comme normale, mais peut virer au drame lorsqu'il est annoncé aux mauvaises personnes. J'emploie sciemment le terme de « mauvaises personnes » car ce sont des personnes qui peuvent avoir aimé quelqu'un de tout leur cœur jusqu'à l'annonce de son homosexualité. Parfois, ce sont des parents qui rejettent leurs enfants du jour au lendemain et le mettent à la rue. J'étais conscient de ces faits divers, mais, malgré tout, je ne craignais pas d'être à la rue puisque je savais que ma mère m'aimait et serait incapable de l'envisager. J'avais simplement peur de la décevoir et qu'elle m'aime moins.

Je vais vous raconter mon premier coming out. J'en ai fait beaucoup, car tout le monde, sans exception, pensait que j'étais hétéro.

Durant les vacances d'été de 4e à la 3e, j'étais dans une maison louée en Bretagne. Le lendemain du visionnage de la vidéo du coming out d'Antonin, j'ai pris mon courage à deux mains et je me suis dit que j'allais l'annoncer aux personnes en qui j'avais le plus confiance, qui ne me rejetteraient pas à coup sûr. J'ai pris mon portable, puis j'ai appelé ma meilleure amie. On s'est dit mot pour mot :

« Tu te souviens quand je disais que je t'aimais ?

— Ouais ?

— Eh bah, c'était faux, je suis gay et j'aime un gars de ma classe de l'année dernière.

— Nan, jure ? »

Je ne me souviens plus des autres répliques, exactement, mais elle m'avait fait rire. J'avais été soulagé d'un poids si grand. À peine deux minutes après, je me suis empressé d'envoyer un message à mon meilleur ami pour lui dire :

« Tu vois x dans notre classe ?

— Ouais.

— Bah, je l'aime.

— C'est vrai ? »

Leurs étonnements me confortaient dans l'idée que j'aurais dû faire acteur.

Je ne vais pas vous raconter tous mes coming out, mais il y en a quand même deux autres qu'on ne peut pas laisser passer. Celui avec mon père et la fuite d'information d'une amie au collège.

Mon père était un drôle d'individu… Il n'était pas méchant, mais il était extrêmement maladroit. Ce qu'il faut savoir, c'est que mes parents sont séparés depuis mes 7 ans et que mon père était seul lorsque j'étais en 3e. À Noël, ma mère, ne voulant pas le laisser face à lui-même, l'a invité pour le réveillon. Donc, le 24 décembre, j'avais fini de manger et je me suis mis à jouer à la Xbox à côté de mes parents qui finissaient le repas. Ma mère était partie dans la cuisine, mais quand mon père m'a demandé si j'avais une copine, cette dernière m'a dit dans une optique qu'il me laisse tranquille :

« Dis donc, Arnaud, tu n'aurais pas un truc à dire à ton père. »

Elle est restée dans la cuisine, ensuite, et n'a pas entendu la réponse de mon père.

Sachez, chers parents, qu'on n'incite pas son enfant à faire son coming out, cela peut vraiment le déstabiliser. J'avais directement compris et j'ai dit, tendu comme un piquet devant ma Xbox : « J'aime les garçons ». Ce à quoi mon père a répondu d'une voix forte et théâtrale (il n'y a pas d'autres façons de décrire son ton) : « T'aimes les bananes ? »

J'étais partagé entre malaise profond et fou rire. Le reste de la soirée s'était passé sans accroc.

Quelques jours après, ma mère m'a demandé la réaction de mon père et je lui ai raconté. Elle était outrée et ne s'y attendait pas du tout. Au moins, il ne l'avait pas mal pris. Cela dit, elle aussi m'en a fait voir de toutes les couleurs.

Une fois, elle a presque crié « Et lui, tu le trouves beau ? » en pointant du doigt un jeune homme qui me plaisait, et, quand il a croisé mon regard, j'étais rouge de honte. S'il vous plaît, chers parents, respectez les vies amoureuses et sentimentales de vos enfants bien que cela crée des anecdotes comiques à raconter dans un livre.

J'ai fait mon coming out à tous mes amis lorsque j'étais en 3e. Ce n'était plus un secret partagé à 3 ou 4 personnes, mais plus à 15 ou 20 personnes. Cependant, c'était toujours un secret pour les autres de ma classe ou d'autres classes. Enfin, plus pour longtemps, étant donné que j'avais une amie qui ne savait pas tenir sa langue. En 3e, j'ai arrêté d'aimer x, qui était mon amour secret jusqu'à la rentrée, car j'ai aimé un autre garçon. Un garçon qui est devenu le garçon que j'ai le plus aimé de toute ma vie.

Cette amie, qui ne savait pas tenir sa langue, a parlé à des gens de ma classe en disant que j'aimais x et ce garçon. Je collectionnais ceux que j'aimais. Non pas que je méprise ceux qui aiment plusieurs personnes à la fois, ça les regarde. Mais, moi, ce n'était pas mon cas ! Diffamation !

Enfin, j'ai su arranger les rumeurs en niant tout en bloc. Surtout que cette amie avait une réputation de menteuse qui m'a servi sur ce coup-là. Finalement, une semaine après, j'ai tout avoué à une fille de ma classe que j'aimais bien et elle a relancé la rumeur à laquelle j'ai répondu que j'étais bel et bien gay, mais n'aimais qu'un seul garçon.

La Rose n'entend pas, elle voit

Je vous ai expliqué comment j'ai su que j'étais homosexuel et comment les autres l'ont découvert. Maintenant, laissez-moi vous raconter comment j'ai appris que j'étais malentendant. Dans ce chapitre, je me baserai sur mes souvenirs et le récit pourra, parfois, être confus. Le véritable récit, basé sur mes recherches et les souvenirs de ma mère, se trouvera dans le chapitre 9.

Comme pour l'homosexualité, il y avait des signes. Beaucoup de signes puisque, d'après ma mère, lorsque j'étais chez l'assistante maternelle, je ne répondais pas toujours à l'appel de mon prénom.

Ma mère est donc allée consulter un ORL de renom pour savoir si j'avais un problème auditif. Il m'a enlevé des bouchons que j'avais dans l'oreille, a dit que j'avais une otite séreuse et que j'étais juste hyperactif. Je peux concevoir que j'ai pu être impulsif, néanmoins, hyperactif était un terme qui ne me qualifiait pas du tout. Chez les sourds, il y a beaucoup de personnes impulsives et colériques. Cela s'explique par la détresse qu'on a eu pendant longtemps à chercher à communiquer sans se faire comprendre.

Petit, j'étais fasciné par les monstres et je dessinais pratiquement qu'en noir et blanc. Ma mère était inquiète pour moi et m'a emmené voir un psychologue. En effet, la surdité n'entraîne pas le même développement psychoaffectif chez l'enfant. Malheureusement, avant de comprendre ce que j'avais, le psychologue m'a giflé. C'était une expérience dont je ne me souviens pas très bien, mais ce que je sais, c'est que j'aurais dû continuer à être suivi psychologiquement, à cette époque, car ma compréhension du monde pouvait être épuisante mentalement. Évidemment, on a arrêté les séances avec le psychologue à cause de cet événement.

Par ailleurs, elle est allée voir trois autres ORL qui ont dit que je n'avais aucun problème auditif et ne contrediraient pas le diagnostic du premier qui était très réputé.

C'est à mes 6 ans qu'une cinquième ORL a dit qu'elle pensait que j'avais un problème, mais qu'elle n'était pas sûre puisque quatre, avant elle, diagnostiquaient le contraire. En été, pendant les vacances, on a consulté un spécialiste qui a affirmé que j'avais un déficit auditif, mais qu'il ne pourrait pas continuer avec moi, car, de Paris jusqu'en Bretagne, la distance empêchait le suivi. Par conséquent, il nous a redirigés vers un ORL parisien.

Nous sommes allés dans le cabinet de cet ORL parisien situé au quatrième étage d'un bâtiment haussmannien. Je me souviens de tous les détails comme si ce jour était gravé dans ma mémoire, comme si j'avais entendu pour la première fois. Il y avait des teintes vertes et jaunes sur les murs, des meubles marron et vert, des magazines sur une table basse en verre, un canapé confortable dans lequel je m'étais enfoncé. Puis, il est entré dans la salle d'attente. C'était un homme âgé avec des cheveux blancs et le front légèrement dégarni., À peine rentré, il m'a dit, sans son « va chercher le nounours sur le meuble à ta gauche ». J'ai donc attrapé le nounours sous le regard ahuri de ma mère qui m'a dit « Mais qu'est-ce que tu fais ? Reviens ici. » Ce à quoi le vieux monsieur a répondu « laissez-le faire ». Je lui ai alors apporté le nounours. Il expliqua à ma mère quelque chose que je croyais normal lorsqu'on parle : j'avais lu sur ses lèvres pour comprendre ce qu'il disait. Ma mère est restée béate et, dans le bleu de ses yeux, semblait se déchaîner un océan. On pouvait y voir les vagues d'émotion se déferler. Je ne comprenais pas ce qui la choquait. Je ne me souviens plus du reste. Il m'a fait faire des tests. Je venais d'avoir 6 ans, j'étais en CP, c'était durant l'hiver 2010. Ce dont je me souviens, c'est que, sur la route du retour, j'ai dormi, mais je me suis réveillé un instant et ma mère pleurait au volant.

Il nous a redirigés vers un ORL plus jeune qui a informé mes parents que j'étais malentendant et indiqué mon niveau d'audition. Je ne comprenais rien. Il disait que j'allais avoir des appareils, qu'il fallait qu'on m'explique ce que j'avais, que je rencontrerais peut-être des difficultés à l'école que je devrais pallier. En effet, j'apprenais par cœur les règles de grammaire, je pouvais toutes les réciter, mais dès lors que j'écrivais, c'était impossible pour moi de les appliquer.

On m'expliqua que j'entendais à moitié par rapport aux autres. Ce n'est que plus vieux que je compris que c'était un peu moins que la moitié et que je n'entendais pas ou très peu certaines fréquences aigües.

Nous sommes allés voir un audioprothésiste par la suite. Il était à une heure de trajet et je jouais à la DS dans la voiture pour faire passer le temps. Lors de ce rendez-vous, il m'a enfoncé un coton dans l'oreille avec un fil puis, avec une seringue, il m'a introduit un produit froid à l'intérieur. C'était doux au toucher et cela ressemblait à du caoutchouc. Il restait dans le tube un peu de cette matière molle au début et qui se solidifie à la fin. Il m'a donné le reste de pâte dans la seringue que je lui réclamais. Ce n'est que plus tard que j'ai compris que c'était un moulage de mes oreilles pour fabriquer l'embout en plastique de mes appareils. Aujourd'hui, plus de dix ans après, j'ai toujours gardé précieusement cette matière si particulière. Il est la marque du premier pas où j'ai pu entendre. Après avoir fait des modelages, il nous a présenté différents types d'appareils. Ma mère suggéra qu'il m'en fallait un marron foncé pour les camoufler avec la couleur de mes cheveux que je laisserai pousser par-dessus. Aujourd'hui, je demande toujours au coiffeur de ne pas couper trop court sur les côtés. Le look de cyborg n'est pas tellement une mode à laquelle j'adhère, mais surtout, je déteste lorsque j'ai des cheveux trop courts qui, dès qu'ils poussent, se frottent au micro de mes appareils et me font entendre des bruissements désagréables. Lorsqu'un coiffeur me coupe mal sur les côtés, je le maudis intérieurement pendant au moins un mois. C'est un détail auquel vous, les entendants, vous ne pensez même pas. Vous déterminez votre coupe selon vos plaisirs. Moi, je ne m'autoriserai pas un dégradé par exemple. Qui dit appareils dit cheveux. C'est important le physique. Chers parents qui lisent ces lignes, pensez comme ma mère. À l'école, dans la cour de récré, il fait parfois bon de ne pas trop attirer l'attention… Vous comprendrez pourquoi dans la suite de mon récit.

Revenons à mon choix d'appareils. J'ai choisi un modèle que je trouvais joli, marron foncé, un peu gros, mais c'était pour entendre et ma mère me disait qu'il me fallait ça pour vivre. Ensuite, nous sommes rentrés. Je me souviens de ma mère anxieuse là où, moi, j'étais tout excité. J'ignorais ce que je n'entendais pas. Je savais juste qu'il y avait beaucoup de malentendus. Une fois ma mère m'a dit : « Rapporte-moi les fourchettes sur la table. » Ce à quoi j'ai répondu, en la rejoignant dans la cuisine : « Mais il n'y a pas de courgettes sur la table, maman. » Je me souviens également d'une autre fois où ma mère m'interpellait en commentant « il est joli, cet arbre » et je me suis mis à chercher le crabe dont elle me parlait. Un crabe sur la route, ça m'intriguait. Elle me répétait à chaque fois « mais écoute-moi quand je te parle ». Ma grand-mère qui tenait à ce que je sois droit et éduqué me disait toujours « il ne faut pas dire “quoi” mais “comment”, tu ne dois pas dire que tu “n’entends pas” mais que tu “ne comprends pas” ». Ma mère pensait donc que je ne comprenais pas, pas que je n’entendais pas bien.

Quelqu’un a déclaré un jour :

Entre ce que je pense, ce que je veux dire, ce que je crois dire, ce que je dis, ce que vous voulez entendre, ce que vous entendez, ce que vous croyez comprendre, ce que vous voulez comprendre et ce que vous comprenez, il y a au moins neuf possibilités de ne pas s’entendre.

La communication a souvent fait défaut quand j’étais petit, notamment à cause de ce problème auditif.

Les appareils auditifs sont une bénédiction et une malédiction

Ma mère et moi sommes allés voir l'audioprothésiste lorsqu'il avait reçu mes embouts et mes appareils. Mon père n'était pas là.

D'abord, l'audioprothésiste expliqua comment changer les piles de mes appareils. Puis, il me les mit en enfonçant les embouts en plastique dans les oreilles et en faisant tenir l'appareil électronique derrière l'oreille. J'étais impressionné de l'équilibre qui était en jeu pour que ça tienne. Il les a ouverts et ma mère a dit : « C'est bon, il entend ? » J'ai répondu : « Ah, c'est ça ta voix, maman ? »

Ensuite, j'ai découvert le monde. Je ne savais pas que les rues des villes étaient si bruyantes de voitures et de passants. Ce qui m'a le plus marqué, c'est que le pas des personnes avait un son. Lorsque je marchais, je faisais du bruit. Je pensais que ça ne faisait que des vibrations. Je me suis lancé dans l'aventure en solitaire. Je ne disais pas tout ce que je découvrais, c'était mon jardin secret. J'avais souvent mal à la tête. Je n'ai jamais été habitué au bruit, c'était insupportable. Aujourd'hui, me concentrer pour entendre me donne mal à la tête. Je suis habitué au bruit.

Arrivé à l'école, j'ai montré à tous mes copains et surtout copines, mes appareils. Je les faisais tenir en équilibre et je pensais que ça ressemblait à des oreilles de chiens. Donc, j'imitais les chiens. J'étais à quatre pattes dans la cour, mes appareils pendants de mes oreilles en train d'aboyer sur les gens. C'est idiot un enfant quand on y pense. En CE1, je n'ai pas eu de problèmes avec ma surdité, et encore moins avec mon homosexualité sachant que je ne savais pas que je l'étais.

Nous devrons donc aborder aussi l'envers du décor, car l'appareillage n'a pas toujours été quelque chose d'anodin et j'en parle à partir du chapitre 10, après avoir remis de l'ordre dans le récit de mon appareillage.

Et si on demandait à ma mère sa version des faits

J'avais 6 ans et la plupart de mes souvenirs sont flous. Donc pour être précis, j'ai fait appel à ma mère et je lui ai fait passer un interrogatoire. La chronologie est différente et certains détails très importants n'ont pas été indiqués. Mes précédents chapitres sur la surdité étaient basés sur mes souvenirs comme je l'avais indiqué au début du chapitre 7. Ici, j'ai fait tout un travail de recherche grâce à ma mère et certains documents médicaux.

Reprenons depuis le début, le tout début, à ma naissance. Tout d'abord, à la maternité, les médecins m'ont fait passer tous les tests et j'étais, selon eux, entendant. Donc, j'ai demandé à ma mère comme première question : il y avait-il des signes avant que l'assistante maternelle ne l'alerte ?

Ma mère m'a répondu par la négative ; c'était mon assistante maternelle qui avait remarqué que je ne répondais pas à mon nom quand elle m'appelait en étant de dos. Elle remarquait également que je ne venais pas trop vers les autres et que j'étais souvent dans ma bulle. À la suite de ça, ma mère a décidé d'aller voir mon ORL référent. Celui-ci s'occupait de nombreuses otites que j'avais lorsque j'étais petit et mon assistante maternelle avait recommandé la pose de yoyos pour éviter les otites. Ce à quoi l'ORL a répondu qu'il ne souhaitait pas réaliser cette intervention car il la considérait comme délicate.

J'ai demandé à ma mère de me raconter l'ordre chronologique des médecins que nous sommes allés voir pour détecter ma surdité.

Le tout premier était le même qui s'occupait de mes otites. Il a fait des tests succincts, d'après ma mère, et a dit « vu comment il arrive dans mon cabinet, c'est un enfant hyperactif ». Pour éviter que mes otites détériorent mon tympan, il m'a opéré des amygdales et des végétations car elles pouvaient être source d'infection.

Ma mère a ajouté en commentaire que ma surdité était dure à détecter car j'écrivais, je parlais plutôt bien et je n'avais pas l'air embêté. Le seul aspect qui l'inquiétait chez moi était mes dessins très sombres et souvent lugubres avec des monstres.

Après l'opération, ma mère, indiqua à mon assistante maternelle qu'elle pensait que j'entendrais mieux désormais. Cette dernière, ne constatant pas de progrès les semaines suivantes, la relança ultérieurement.

Nous sommes donc allés voir, à mes trois ans, une deuxième ORL qu'une amie de ma mère lui avait recommandée. En suivant les tests que l'ORL me faisait passer, ma mère observa que, lorsque j'étais de dos, je ne réagissais pas correctement aux questions. Elle lui a, en conséquence, fait remarquer. L'ORL a répondu : « Il est rêveur, il est dans sa bulle. » Ma mère lui a demandé une confirmation écrite que je n'étais pas sourd pour la remettre à l'assistante maternelle. Le contrat de garde d'enfant arrivant à son terme, elle n'insista pas davantage.

Par ailleurs, ma mère m'a emmené voir un psychologue à la CPAM, recommandé par mon institutrice à la suite de comportements étranges de ma part : je semblais absent en classe et que je sociabilisais différemment avec les autres. Le psychologue m'a pris en charge. Au départ, j'étais content mais, las des séances trop répétitives, j'aurais été « insolent » avec ce dernier qui m'aurait alors giflé. Ma mère, ayant été informée de cet incident, a évidemment mis fin à ce suivi psychologique qui n'avait pas été fructueux pour moi.

Pendant cette période de deux ans environ, ma mère a consulté un troisième ORL qui n'a pas souhaité contredire les deux diagnostics précédents et a donc réitéré que je n'étais pas sourd.

Durant les vacances d'été, avant d'entrer au CP à 5 ans, je confondais beaucoup de mots comme « arbre » que je changeais en « crabe » ou « fourchette » en « courgette ». Elle en informa ma tante qui lui recommanda un ORL à La Baule, pas loin de l'endroit où nous séjournions. Ce quatrième ORL détecta qu'il y avait effectivement quelque chose qui n'allait pas mais qu'il ne pourrait pas me suivre puisque nous partions deux jours après. Il nous communiqua alors les coordonnées d'un confrère sur les Champs-Élysées.

Par conséquent, nous nous sommes rendus au cabinet de ce confrère en rentrant de vacances. Il constate que j'ai du mal à suivre la conversation et nous réoriente vers une professionnelle reconnue à Paris qui, selon lui, se trompe rarement dans ses diagnostics.

Nous rencontrons donc cette audiométriste. C'était la sixième personne. Ce fut la première à me faire passer de longs examens qui lui ont permis de repérer ma surdité, difficile à détecter. Cependant, afin de s'assurer de ses résultats, elle nous a conseillé de consulter un nouvel ORL qui nous réorienta vers un nouvel audiométriste.

Je me suis donc retrouvé dans un énième cabinet d'ORL, le septième, qui a procédé à de nouveaux examens. Il a, lui aussi, reconnu ma surdité et, comme il était à prévoir, il nous a redirigés vers un audiométriste parisien pour faire valider ses hypothèses.

Cette fois-ci, ce huitième professionnel de santé a prononcé le diagnostic définitif après m'avoir fait passer un examen du tronc cérébral lors d'un deuxième rendez-vous où mon père était présent. C'est donc de lui dont je me souviens, que j'ai évoqué dans l'un des chapitres précédents. Néanmoins, je voulais vous raconter ce qui s'est passé lors du premier rendez-vous chez lui : lorsque ma mère s'est installée, l'audiométriste m'a demandé d'aller chercher le nounours sur l'étagère, sans prononcer de son, ce qui a intrigué ma mère. Ayant compris sa consigne en lisant sur ses lèvres, ma mère m'a alors demandé de m'assoir, ne comprenant pas le test qu'il était en train de réaliser. J'ai, néanmoins, remis le nounours au docteur. Ce dernier a alors expliqué à ma mère qu'il voulait savoir si j'étais capable de comprendre par la lecture labiale, car c'est une capacité souvent présente chez les malentendants qui trouvent instinctivement cette alternative pour s'adapter à la compréhension orale. Grâce à cette aptitude, j'avais réussi intelligemment à combler mes manques ; c'est pour cette raison que ma surdité était difficile à diagnostiquer.

Voilà la chronologie exacte et laborieuse de mon parcours de santé concernant mes problèmes auditifs.

Si vous avez un doute, pour vous ou pour votre enfant dans ce domaine, afin d'éviter de perdre du temps, suggérez à votre ORL l'avis d'un audiométriste.

Concernant mon appareillage, nous nous sommes rendus chez un audioprothésiste situé à Opéra, recommandé par l'audiométriste. J'avais 6 ans et j'étais en CP.

Lors de la première séance, il a réalisé des moulages et un audiogramme. Il nous a montré différents modèles d'appareils ; nous avons préféré les bruns pour les dissimuler sous mes cheveux.

À la deuxième séance, on m'a posé mes appareils pour la première fois. D'après ma mère, je reste silencieux tandis qu'elle parle avec l'audioprothésiste. C'est lorsqu'on est descendu que j'ai dit à ma mère : « C'est ça ta voix, maman ? » J'ai donc été appareillé à mes 6 ans et non pas à 7 ans comme j'ai toujours cru jusqu'à mes 18 ans.

L'audiométriste avait aussi conseillé d'aller voir un orthophoniste pour récupérer les possibles lacunes scolaires que j'aurais pu développer. J'avais, en effet, de grosses difficultés en grammaire et en conjugaison mais, après trois ans, mes difficultés n'ont plus été aussi catastrophiques et je remercie également les professeurs de français que j'ai eus durant ma scolarité au collège qui m'ont énormément fait progresser en orthographe.

Voici la chronologie complète de mes actions en rapport avec ma surdité. J'ai cependant posé trois autres questions à ma mère qui sont :

En quoi la découverte du fait que j'étais malentendant a-t-elle changé quelque chose dans le quotidien ? Est-ce que la découverte du fait que j'étais malentendant a engendré des craintes pour que je vive en société ? Est-ce que tu as envie que je mette un message en particulier de ta part dans ce livre à ce propos ?

Pour le quotidien, ma mère n'a rien changé à la maison mais elle a remarqué que, depuis que j'étais appareillé, je faisais des dessins en couleurs. Elle a dit qu'il y avait plus de rendez-vous médicaux, forcément, des allers-retours chez l'orthophoniste, chez l'audioprothésiste, un budget supplémentaire et des démarches auprès de la MDPH (Maison Départementale pour les Personnes Handicapées.) Au passage, je tiens à dire que l'on ne devrait pas noter « pour les personnes handicapées » mais « personnes en situation de handicap ». Je développe cette différence de termes dans le chapitre 13. Elle a aussi remarqué que je m'intégrais mieux avec les autres.

Pour ce qui est des craintes, ma mère n'en avait pas puisqu'elle a vu une collègue de travail, qui était plus sourde que moi, réussir sa vie alors qu'elle est arrivée en France tardivement. En plus d'être sourde, elle ne parlait pas bien français, mais elle a mené une vie qui lui convenait.

J'ai reformulé le message qu'elle souhaitait faire passer car elle a eu du mal à trouver ses mots, mais elle a confirmé ce que j'ai écrit. Ma mère croyait en moi pour que je sois là pour quelque chose. Elle croyait en moi comme quelqu'un qui avait ce handicap pour avoir une revanche sur la vie à faire. Elle espérait que je réussirais aussi bien, voire mieux que les autres entendants, afin d'être un modèle de combativité comme ceux qu'elle admirait. Le message, en d'autres termes, est qu'il faut toujours croire en ses enfants, peu importe comment ils sont, c'est aussi ce qui les pousse vers le haut.

Dans les prochains chapitres, je vais aborder les difficultés rencontrées dans mon parcours de malentendant.

Différence marquée

Dans ce chapitre, je vais parler d'une des difficultés que j'ai rencontrées sur le plan auditif et je développerai la différence comme ce qui divise à cause de la peur et de la méconnaissance qu'on peut avoir dessus.

À 7 ans, mes parents se sont séparés et, avec ma mère, nous avons déménagé. Je suis arrivé dans une nouvelle école en CE2. Je me suis fait quelques amis rapidement. Cependant, un garnement qui était en CE1 m'a harcelé. Il m'appelait toujours « oreille-man » et me scrutait comme si j'étais un alien. J'étais profondément blessé donc j'en ai parlé à ma mère. Le lendemain de ma plainte, elle a attrapé ce morveux avec sa mère et a expliqué que ce n'était pas un comportement tolérable et que je n'avais pas choisi d'avoir ça. Sa maman était anglaise et avait du mal avec le français. Il a donc fallu du temps pour qu'on finisse par se comprendre et je suis devenu pote avec ce garçon, pour l'année du moins.

C'est à ce moment que j'ai réellement pris la mesure des choses, à quel point la différence peut exclure. La différence, marquée par un handicap, n'est pas le seul facteur qui est excluant. Je fais donc un parallèle sur la différence que l'on marque qui peut devenir stigmatisante.

On a toujours des aprioris à propos de certaines personnes quand on ne les connait pas. Moi-même, pendant longtemps, j'ai considéré la transidentité comme quelque chose de malsain. Puis, j'ai grandi et ayant eu des amis de tous les genres, de toutes les couleurs, de toutes orientations sexuelles et de toutes religions différentes, j'arrivais à comprendre qu'il est idiot d'avoir peur de la différence et de l'écarter.

Il y a toujours des personnes qui, en plus de marquer la différence des autres par rapport à eux-mêmes, vont les discriminer. Certains sont des personnes discriminées elles-mêmes.

J'ai déjà croisé des Arabes racistes vis-à-vis d'Asiatiques, alors qu'eux-mêmes subissent parfois des discriminations ou font face à la peur irraisonnée de certaines personnes.

La différence est souvent quelque chose qui crée des peurs, mais que l'on peut surmonter quand on accorde un peu d'amour à l'humain derrière, qui a son histoire comme nous en avons tous une. La vie est trop courte et trop belle pour se laisser diviser par la peur de l'inconnu. Je l'ai déjà expliqué brièvement dans les chapitres 1 et 2.

Obstacle et oreille handicapée

Mon premier obstacle, c'est la vie. Que ce soit à l'école avec mes professeurs, avec les amis et les camarades ou que ce soit chez moi, mon audition est et a été un frein.

N'ai-je pas eu d'aménagements à l'école ? M'a-t-on abandonné à mon sort ? On m'a, bien sûr, aidé. Enfin, on ne m'a pas épaulé au maximum que l'on puisse mais j'ai été dispensé de compréhension orale dans les langues vivantes. Pour être plus précis, j'ai été dispensé en 3e. Avant, j'avais des notes comme 3 ou 5 en compréhension orale et personne ne faisait quoi que ce soit pour que mes notes soient équitables par rapport aux autres. Quoi que, je réussissais à garder une moyenne générale au-dessus de 10. Ma mère se plaignait que j'obtienne toujours le « strict minimum », que je préférais jouer aux jeux vidéos plutôt que de travailler plus.

En primaire, j'avais un suivi orthophonique, car j'étais très mauvais en orthographe, grammaire et conjugaison à l'écrit. Je vous avoue que je ne sais pas trop expliquer ce rapport entre la surdité et mon incapacité à appliquer des règles de grammaire à l'écrit. Encore aujourd'hui, je fais un nombre d'erreurs d'inattention phénoménale. Je pense donc que la surdité joue sur la concentration visuelle et que lorsqu'il s'agit de respecter un tas de règles linguistiques, le cerveau fatigué oublie certains « s » au pluriel bêtement.

J'ai beaucoup travaillé pour pallier ce problème. On attendait de moi que je sois bon à l'école, dans tous les domaines. On me disait « c'est fort qu'avec ton handicap, tu suives aussi bien dans un cursus normal ». Le cursus que prend la majorité des enfants n'est pas un cursus fait pour tout le monde, car il ne valorise absolument pas l'individualité de chacun, ses forces et ses faiblesses. Cela est le cas pour les entendants. Imaginez pour ceux qui sont porteurs d'un handicap comme le mien. Cher lecteur, je veux que tu me comprennes.

Psychologiquement, j'ai beaucoup souffert, mais je ne pouvais pas me permettre de décevoir les gens que j'aimais. Donc, je me forçais à travailler énormément. Pour moi, travailler c'était me concentrer pour comprendre tout ce qu'on me disait. Me concentrer à en avoir mal à la tête, à chaque fin de journée, ou, dans le meilleur des cas, en fin de semaine. Je me concentrais au point de saigner du nez très souvent. Le pire, c'est que, malgré mes efforts, je ne m'en sortais pas toujours.

Ce qui m'agaçait le plus, c'étaient les professeurs qui me disaient « tu n'as pas assez travaillé ». De quel droit jugeaient-ils que je ne travaillais pas assez à la maison ? Pour beaucoup d'enfants ou adolescents, c'est dur de travailler chez soi. Pour moi, chez moi était mon seul répit. Mon monde du silence ou mon monde imaginaire. Je fuyais dans des sphères que seul moi connaissais et on me prenait pour un fou. Je m'en fichais puisque j'avais les résultats nécessaires pour avoir mon brevet et mon bac, pour pouvoir impressionner ma mère et d'autres personnes. C'était un besoin de réussir, là, où je doutais de moi-même. Pendant longtemps, la surdité a été un frein pour ma confiance en moi.

Chez moi, je me reposais peut-être plus que les autres par rapport à l'école, mais parce que les autres se fatiguent aussi moins lorsqu'ils sont dans l'école.

Évidemment, j'aurais pu moins jouer et plus travailler. Techniquement, oui. Mais si vous me dites « à ta place, j'aurais travaillé plus », alors, vous n'êtes pas à ma place. J'estime avoir fait du mieux que j'ai pu avec ce que j'avais avant.

J'ai été dispensé de compréhension orale et certains de ma classe, que ce travail embêtait, m'ont dit « tu as de la chance de ne pas faire ce devoir ». Moi, à ce moment, je culpabilisais. C'est vrai, je m'en voulais d'avoir cette chance et pas eux. Maintenant, avec du recul, je leur répondrais volontiers « et vous, de la chance de connaître le son de la voix de votre mère ». Les mots sont forts mais je n'entends pas certaines fréquences d'aiguë. Avec mes appareils, je n'entends pas exactement comme vous. Techniquement, la voix que j'associe à celle de ma mère n'est pas celle que tous les entendants connaissent. Mais, surtout, je leur répondrais : « Vous avez deux fois moins d'efforts à faire pour comprendre, donc beaucoup moins de travail. »

Des efforts, j'en avais encore à faire pour tout comprendre. J'avais du travail pour comprendre en entendant et en saisissant le sens de ce qu'on m'apprenait. Là où vous apprenez comment faire une équation, vous vous concentrez sur la logique mathématique. Moi, je me concentre d'abord sur la voix, puis sur la logique mathématique. C'est un effort supplémentaire permanent que vous n'avez pas à effectuer, et ce, dans toutes les matières. En psychologie scolaire, j'ai appris que c'est ce qu'on appelle la « double attention ».

Non, je n'ai pas de la chance d'avoir été dispensé de compréhension orale ; on me rend justice pour ce que la vie m'a pris et pour ce qu'elle m'a donné comme défis à relever.

J'ai également eu le droit aux professeurs qui s'en fichaient que je n'entende pas bien. Une fois, quand j'ai demandé à un de mes professeurs de répéter puisque je n'avais pas entendu, il m'a répondu « Tu n'avais qu'à écouter ». C'est mon meilleur ami qui a dû me répéter et ce professeur nous a alors dit de nous taire. Quelle ordure ! Depuis, je n'ai plus fait d'effort en maths. J'avais 7 de moyenne tandis que l'année d'avant, j'avais 15. Il a fallu que je travaille de l'été de 5e à la 4e avec mon oncle pour tout rattraper, voire m'avancer, et j'ai eu 16 avec le même prof qui, au passage, était toujours aussi mauvais, s'il fallait le préciser.

J'ai travaillé. Pendant mes vacances d'été, tous les matins, je faisais des maths avec mon oncle durant deux semaines. Puis, ma mère me récupérait et je faisais des dictées sur le même rythme matinal avec elle, puisque j'étais mauvais en orthographe et en grammaire. Difficultés que l'orthophoniste a tenté de changer, mais avec beaucoup de mal.

Hormis les matières que je n'aimais pas, je me donnais de la peine pour les langues parce que j'aimais beaucoup changer de langue. J'étais même plutôt bon au début avec l'anglais. Ensuite, l'espagnol est arrivé en 4e. Heureusement, j'ai eu un professeur passionnant qui me captivait et qui faisait plus d'exercices interactifs et à l'écrit. Moi, mes angoisses, c'étaient les vidéos ou les audios. Je ne comprends rien à travers un ordinateur, un téléphone ou une enceinte même lorsque le son est bon. Enfin, vous imaginez que lorsqu'on écoute des gens parler avec leur accent d'origine et qu'on doit expliquer ce qu'ils se disent… Que je connaisse le vocabulaire ou non, c'est mission impossible pour moi. Je disais que j'avais un bon professeur en 4e mais, arrivé en 3e, j'ai dû me confronter à une enseignante qui privilégiait l'oral. Je me suis maudit, mais je tenais bon. J'avais 11 de moyenne. Cela changeait tout de même par rapport au 16 de moyenne que j'avais en 4e. Puis, j'ai un peu augmenté en seconde puisque j'ai eu une prof qui était très attentive à mon cas et qui voulait vraiment m'aider à progresser. Malgré tout, je stagnais à 13. Finalement est venue mon année de première où j'ai lâché l'affaire en espagnol. J'ai chuté jusqu'à 7 parce qu'en plus notre prof notait durement. Je parle énormément des notes également parce que c'est quelque chose qui m'insupporte dans le système scolaire. On dirait que c'est ce qui définit l'intelligence d'un enfant ou adolescent alors que les contrôles ne sont, pour la plupart, qu'un test de certaines connaissances très précises, pas forcément pertinente pour l'avenir de la grande majorité des enfants. Mes difficultés entraînaient des résultats et non pas des aides. C'est ce qui m'a toujours sidéré dans nos sociétés qui se veulent développées. On se concentre sur des résultats alors qu'on sait tous pertinemment qu'ils ne sont en rien représentatifs du niveau global de l'enfant par matière. Sans compter que les notations varient énormément en fonction des professeurs pas toujours compétents et parfois même nuisibles aux enfants. Je mets donc en avant mes résultats parce qu'avec le recul, ils étaient une angoisse proprement ridicule. Ma vie n'aurait rien de bien différent si je n'avais rien travaillé en espagnol dès la 3e par exemple. Cependant, à l'école il faut être bon partout et on n'autorise pas les enfants à choisir une ou deux matières dans lesquelles ils peuvent être moins bons sans subir de pression. Dans le cadre où j'ai grandi, je sais que la note de 10 était bien un minimum à avoir et que les résultats commençaient à être intéressants à partir de 14. Pourtant, nos résultats scolaires ne définissent en rien nos compétences. De tous les métiers, je n'en connais que très peu où on a besoin ne serait-ce que d'un quart de ce qu'on nous a appris durant un cursus scolaire. Je me suis également fait la réflexion qu'il était pertinent de mentionner mes résultats à l'école pour montrer qu'avec un handicap, j'ai pu en avoir des corrects. C'était bien plus difficile que la plupart des entendants, et je tiens à le préciser, non pas pour me plaindre, mais pour montrer à ceux qui nous pensent incapables de quoi que ce soit que tout est possible, pour peu qu'on s'en donne les moyens et qu'on adapte l'environnement autour.

Mon parcours scolaire du lycée s'est déroulé pendant la réforme du bac de monsieur Blanquer en 2020. J'ai toujours autant de rancœur pour ce bac, moins qualitatif qu'avant à mon sens. Cela étant dit, j'ai eu des professeurs merveilleux dans deux de mes spécialités qui n'étaient autres qu'anglais et philosophie. En abrégé, c'était la LLCE (Littérature, Langue et Culture Étrangère anglais) et HLP (Humanité, Littérature et Philosophie). J'ai donc réussi à ne pas décrocher en anglais. Sans doute grâce à mon père qui était bilingue et je voulais l'impressionner en l'étant moi aussi. Mes spécialités au lycée ont été les principales matières qui ont fait que je n'ai pas tout abandonné. En plus de problèmes personnels, s'ajoutaient la réforme, puis le Covid avec un confinement qui paraissait sans fin, mais je me suis accroché. Le début de terminale a été très difficile, puis j'ai remonté la pente et j'ai même eu mon bac avec une mention assez bien.

Pour cela, il a fallu que je demande plusieurs choses. D'abord une dispense d'espagnol, parce qu'avec le masque, je ne comprenais rien de ce qui se disait et je n'arrivais plus à apprendre du tout cette langue vivante. J'avais 0,5 de moyenne à un moment…

J'ai dû me battre pour que mes profs mettent des masques transparents afin que je puisse lire sur les lèvres. Malgré tout, les masques transparents étaient à moitié efficaces, car il y avait de la buée dessus et ils étaient très inconfortables à mettre. En somme, je comprenais les professeurs qui, après avoir essayé de le porter, ont abandonné. C'était réellement dur pour moi étant donné que la seule chose qui me faisait supporter les cours était la lecture labiale.

Seule la promesse d'être enfin débarrassé des cours me faisait tenir. Grâce à quelques professeurs, j'ai réussi à beaucoup apprécier le français que je détestais en primaire. J'ai adoré la littérature, la philosophie et l'anglais. Je me souviendrai longtemps de certains cours avec ces enseignants extraordinaires qui ont rendu mon handicap comme inexistant tant ils faisaient attention à transmettre leur savoir à tous les élèves sans distinction.

Je suis sûr que, vous aussi lecteurs, vous avez un ou plusieurs professeurs dont vous gardez un très bon souvenir.

Mon handicap, dans le cadre scolaire, a été ce boulet accroché à mes chevilles qui rendait compliqué des études dans un contexte déjà bien sombre. Pour faire une parenthèse rapide, le système scolaire français à bien des choses à réformer, cependant, ce n'est pas là-dessus que je vais m'attarder dans ce livre.

Dans le prochain chapitre, je parlerai des problèmes que l'on peut rencontrer uniquement lorsqu'on a des prothèses auditives.

Les aléas avec les appareils auditifs

En plus des problèmes scolaires liés à la compréhension des cours et à la fatigue associée, j'ai souvent eu des problèmes que l'on peut qualifier comme « techniques ».

Lorsqu'on est enfant, voire adolescent, on a tendance à moins faire attention aux choses fragiles et mes appareils auditifs le sont.

C'est pourquoi, dans un cours de sport, d'acrosport pour être précis, on m'a cassé mon embout en silicone sans faire exprès. Pour tenter de décrire le visuel de l'appareil auditif que j'avais, il s'agit d'une petite machine qui se pose derrière l'oreille, reliée par un tube en plastique souple à des embouts en silicone qui ont le moulage de la forme de mon oreille. L'embout en silicone, lorsqu'il est cassé, peut devenir tranchant. C'est une difficulté technique que j'ai eue à trois reprises. Pour deux d'entre ces trois fois, je l'ai su en sentant quelque chose me coupant dans l'oreille et en ayant un liquide dedans qui n'était autre que mon sang qui y coagulait. Dans ces cas-là, c'était un aller direct chez l'audioprothésiste qui refaisait des moulages et limait la partie tranchante afin qu'elle ne me blesse plus en attendant les nouveaux embouts. Heureusement, la troisième fois, ils s'étaient cassés à un endroit où ce n'était pas dangereux.

Dans le domaine de la douleur, il y a aussi eu les piques d'acné durant mon adolescence. Quel est le rapport ? visualisez-vous les petits boutons blancs qui vous font mal si vous y touchez. Maintenant, visualisez ces boutons au niveau de l'oreille avec un appareil qui appuie dessus constamment. Cela fait extrêmement mal et, quand j'enlevais mon appareil, c'était un véritable soulagement. Voici un aléa auquel on ne pense pas forcément et qui rend la vie plus douloureuse que celle des entendants.

La transpiration au niveau des oreilles a aussi été un problème qui m'a valu une baisse d'audition. En effet, des bulles peuvent s'accumuler dans le tuyau dans lequel circule le son. On m'a expliqué que la transpiration était couramment un problème pour les sourds car leurs appareils se mouillent et l'humidité et la technologie ne font pas bon ménage ensemble en général. C'est ainsi que je me retrouve avec toute sorte d'outils pour nettoyer et entretenir mes appareils afin qu'ils fonctionnent au mieux et qu'ils ne me créent pas de bouchons dans les oreilles.

En parlant d'humidité, aimez-vous la mer ? Moi, j'adore ça et quand j'étais petit, j'adorais me baigner. Une fois, je me suis précipité dans l'eau, à peine mes affaires posées, et j'entendais plutôt bien le bruit des vagues dans lesquelles je plongeais, tête la première. Le souci, c'est que j'avais mes appareils sur moi. Je m'en suis rendu compte quand j'ai dit à ma mère « j'entends le bruit des vagues ! ». On s'est regardé et on a tous les deux compris. Je suis sorti aussi vite que je suis rentré. Intérieurement, je m'insultais de tous les noms d'oiseaux que je connaissais. Finalement, ma grand-mère les a séchés et les a laissés au soleil tandis que ma mère priait pour qu'ils ne soient pas endommagés. Moi-même, je croyais en tous les dieux possibles et les priais également pour que je n'aie pas détruit mes appareils ce jour-là. Passer mes vacances sans aurait été un réel cauchemar car j'en étais devenu dépendant. La bonne nouvelle est que lorsque j'ai remis mes appareils, j'entendais bien. Quelle jolie mélodie que le son des vagues ! Je ne l'ai entendu d'aussi près qu'une seule fois dans ma vie mais ce souvenir est encore indélébile.

Pour toute machine, il faut une source d'énergie pour les faire fonctionner : l'électricité. Mes appareils, je les ai choisis avec des piles. Je ne faisais pas confiance à l'autonomie des batteries de ces appareils qui se chargent comme on charge un téléphone et surtout, je ne voulais pas avoir à penser les brancher tout le temps. Cependant, mes piles doivent être changées maximum toutes les deux semaines sinon, je suis sûr qu'ils ne fonctionnent plus. Vous comprendrez que cela demande de l'organisation et de la prévention permanente pour toujours avoir des piles en stock et penser à les changer à temps. Néanmoins, il m'est arrivé d'oublier d'en prendre de rechange et qu'il n'y ait plus de piles. Dans ces situations-là, je devenais sourd et je ne pouvais rien y faire. Cela m'est arrivé quand j'étais à l'école, en cours, d'autres fois pendant le Covid avec les masques, donc il m'était impossible de comprendre quoi que ce soit.

Vous comprendrez, de ce fait, que mes appareils auditifs sont autant une contrainte de temps que d'énergie à rester vigilant. Si je baisse ma garde, en n'y faisant pas attention, c'est un retour instantané à la case départ.

Dans le prochain chapitre, j'aborderai ma définition du handicap.

Le handicap

Mon audition dépend de métaux, de plastique et d'électricité dans les oreilles. Quand ces machines ne marchent pas, je ressens des envies de violences car c'est sur elles que repose en grande partie ma compréhension orale, encore plus quand des personnes portent un masque. Parfois, c'est l'humidité, d'autres fois, ce sont des pièces de l'appareil défectueuses et, donc, c'est toujours du temps que je dois utiliser pour aller chez l'audioprothésiste pour les faire réparer et, entre temps, je suis bien embêté.

Ce sont des machines dont le prix est élevé. Maintenant, les prothèses auditives sont remboursées par la Sécurité sociale jusqu'à une certaine somme et jusqu'aux 21 ans de la personne malentendante. Passé cet âge, le changement de mes appareils, qui est à effectuer tous les cinq ans, sera totalement à ma charge. Heureusement que cette loi est passée pour les personnes les plus en difficulté financière. De surcroît, il y a la MDPH (Maison Départementale des Personnes Handicapées) qui prend en charge certains frais en fonction de la gravité du handicap. Comme ils n'ont pas un budget énorme, ils privilégient les handicaps plus lourds à porter qu'il faut financer. Cependant, je n'aime pas le terme « handicapé ». C'est comme si je ne pouvais pas entendre du tout, et ce, tout le temps. En réalité, les « handicapés » ne sont pas des handicapés. Je m'explique.

Dire que quelqu'un est un handicapé, c'est le réduire à son handicap. Mais, on n'est handicapé que dans certains domaines et certaines situations. Moi, ce sera pour entendre, d'autres pour se déplacer, d'autres pour voir, d'autres encore, ça peut être un handicap mental et j'en passe. Dans ces exemples, nous sommes tous porteurs d'un handicap mais nous ne sommes pas « des handicapés ». C'est sûr, j'ai un déficit mais pour me faire à manger, il n'est en rien un handicap. Pour écrire ces lignes non plus d'ailleurs.

Nous ne sommes pas « handicapés » sans un environnement qui est exigeant sur ce qui nous manque. Quelqu'un qui ne peut plus marcher et qui est en fauteuil roulant n'est pas handicapé quand il s'agit de penser ou pour recoudre une chaussette trouée. Il sera handicapé pour jouer au foot, pour monter les marches. Voyez-vous où je veux en venir ?

Sans les environnements pensés pour une majorité de personnes qui n'ont pas de déficit, ou trop peu pour que cela ne les gêne, les « handicapés » n'ont rien qui les handicape. C'est pour cela que la plupart des personnes en situation de handicap sont frustrées quand on leur sort des « mais tu ne peux pas nier ton handicap » ou « avec ton handicap, tu es sûr que tu veux essayer ? ». En réalité, il suffit d'adapter les situations et de changer de regard sur le handicap. De mon côté, les adaptations sont faites. Je suis réellement handicapé que lorsque je ne peux pas m'appuyer sur la lecture labiale en parlant à quelqu'un. Les personnes qui mettent tous les objets du monde devant leurs bouches, en même temps qu'ils me parlent, m'insupportent au plus haut point ; que ce soit la carte au restaurant ou autres choses inédites comme les éventails ou les portables.

Bien sûr, il faut adapter l'environnement, mais nous pouvons également tenter de pallier le déficit avec des traitements, des lunettes, des prothèses, des fauteuils roulants ou autres adaptations. Le manque n'existe que s'il n'est pas pallié par la personne et l'environnement. En revanche, il existe des handicaps entraînant une incapacité à exercer certains métiers. Je serais inquiet d'avoir un aveugle en pilote de mon avion…

De mon côté aussi, je suis obligé de trouver les solutions pour adapter mon environnement et m'y adapter réciproquement.

Pour que vous n'ayez pas l'impression qu'il n'y a que moi pour dire des choses pareilles, je vous invite à vous intéresser à Marcel Nuss dont j'ai compris le message et que je tiens à partager dans ce livre en m'appropriant l'exemple de mon handicap.

Dans mon cours de psychologie du handicap, on a aussi vu une définition qui me semble appropriée qui est : « Le handicap est le résultat d'une interaction entre les déficiences physiques, mentales, psychiques ou sensorielles entraînant des incapacités plus ou moins importantes, qui sont renforcées en raison d'un environnement inadapté ou inaccessible. » On parle de causes et non de conséquences dans l'approche de la définition du handicap. Ce n'est plus, il a cela, donc il est handicapé. Cela devient, il a cela et est handicapé uniquement dans l'environnement en question où il se retrouve entravé.

Pour résumer, le handicap est une mauvaise communication avec l'environnement lorsqu'on a une quelconque déficience.

Dans le prochain chapitre, j'aborderai l'évolution que j'ai perçue en ayant des appareils et les remarques que je peux faire sur l'effet que le handicap peut avoir dans la sphère sociale.

Handicap et évolution

En maternelle et en primaire, où tous les cours me semblaient simples, j'avais des professeurs très compréhensifs. Je ne m'étais jamais réellement reposé sur mon ouïe donc j'étais réceptif aux vibrations afin de me tourner vers la source de son pour comprendre avec mes yeux. Pendant 6 ans, je vivais comme si j'entendais mais quand j'ai découvert les différents sons autour de moi, j'y suis devenu sensible. Je parlerai de la façon dont je vois et comprends le monde, en tant que sourd, dans le prochain chapitre.

Lorsque j'ai eu mes premiers appareils, j'ai pu suivre les discussions entre différentes personnes et j'ai pris goût à pouvoir en écouter plusieurs en même temps. Cependant, encore maintenant, je pars dans mes rêveries dès que je perds le fil d'une conversation.

Quand j'étais petit et n'avais pas d'appareils, je passais beaucoup de temps seul. Rien d'étonnant puisque je ne prenais aucun plaisir à parler ou communiquer avec des gens que je ne comprenais pas.

Donc, au-delà des difficultés purement pratiques que je rencontrais à l'école, j'éprouvais également des difficultés sociales.

Comment voulez-vous vous intégrer correctement dans un groupe si vous n'entendez que les trois quarts, voire la moitié des choses ? Je ne pouvais pas répondre à tout ni rebondir sur les sujets intéressants car je ne saisissais pas l'ensemble des échanges. Comme cela me paraissait « normal », je commençais à avoir la tête dans la lune.

Évidemment, cela n'étant pas perceptible, les gens ne font pas ou rarement attention. Même ma mère me parle encore d'une pièce à l'autre, c'est pour vous dire.

Je n'en tiens pas trop rigueur car j'arrive quand même à sociabiliser mais comprenez, chers lecteurs, que la surdité touche de plein fouet le domaine social tôt ou tard et que cela demande simplement que tout le monde ne parle pas en même temps et en articulant.

Si tout le monde faisait en sorte de communiquer comme avec un malentendant, on se comprendrait tous bien mieux, je pense…

Lorsque je rencontre de nouvelles personnes, il se passe un phénomène assez intéressant à mes yeux. Les gens font comme si je n'étais pas sourd. C'est-à-dire qu'ils me parlent comme à n'importe qui, mais, dès que je n'entends pas, et que je demande à répéter, ils ne se disent pas « il est sourd, on va lui parler en face pour qu'il puisse lire sur les lèvres », non, ils répètent jusqu'à ce que j'entende ou parfois ne répètent pas du tout. C'est drôle comme le fait que je m'adapte entraîne aussi la mauvaise adaptation des autres. C'est en particulier pour cela aussi que j'aime la solitude. Elle me permet de m'évader de toute interaction autre qu'avec moi-même.

Les personnes autour de moi, qui me connaissent, font régulièrement attention, notamment à l'articulation. Occasionnellement, ils écrivent. Je ne les remercierai jamais assez mais c'est aussi comme ça que je sélectionne mes amis, là où les entendants se fichent d'avoir des amis qui s'adaptent à eux sur le plan de l'audition.

D'ailleurs, lorsque je change d'appareils, ils sont les premiers à voir la différence. D'une part, car je leur dis de baisser d'un ton sinon ça me vibre dans la tête ; d'autre part, parce que je ne leur demande pas de répéter tout le temps, et, enfin, parce que je parle moins, sachant que j'entends ma voix qui résonne dans ma tête. Il y a toujours un temps d'adaptation pour le cerveau qui s'habitue aux sons qu'il va recevoir. Un ancien appareil n'envoie pas les mêmes sonorités qu'un nouveau et donc, il s'agit d'un changement majeur. Je ressens des vibrations dans ma tête car je perçois le signal sonore d'une toute nouvelle façon et je n'y suis pas habitué.

Je crois avoir fini de résumer les difficultés que j'ai pu rencontrer en tant que sourd. Je vais, dans mon prochain chapitre, aborder l'intériorité que je pense être caractéristique chez une personne sourde.

Le monde en sourd

Si le monde est privé de son, il est démultiplié de couleurs. À force de ne pas entendre, je suis obligé de comprendre le monde autrement. Je comprends le monde par deux biais : les yeux et l'intuition. Les yeux me permettent de capter le monde physique autour de moi, de repérer les détails qui changent et de comprendre les expressions faciales des gens plus facilement. Mon intuition, c'est la réflexion rapide dans ma tête qui me fait comprendre, à partir de petits détails, des informations sur le reste du monde. Par exemple, je perçois extrêmement aisément un changement d'humeur chez quelqu'un, même parmi les moins démonstratifs. Lorsqu'on ne me dit rien, je suis quand même capable de lire les émotions des autres. Évidemment, je ne suis pas mentaliste non plus, mais je deviens rapidement le confident des uns et celui des autres car j'arrive à cerner facilement ce qu'ils ressentent et à le réexprimer correctement.

Au-delà de la perception que je qualifierai de directe, je pense que tous les malentendants qui n'arrivent pas à entendre l'extérieur se tournent vers l'intérieur. Nous sommes obligés d'écouter en boucle nos émotions, nos interrogations, nos doutes, nos rêves et nos interprétations en priorité. Je sais que, dans mon cas, mon audition a forgé ma sensibilité émotionnelle me coupant du reste. Lorsque je suis seul, je suis capable de rester des heures dans une sorte de dialogue avec moi-même sur des rêveries et un imaginaire débordant. Je peux refaire le monde au beau milieu de la nuit, si je n'arrive pas à dormir, à cause d'acouphènes qui m'empêchent de fermer les yeux. En effet, mon cerveau a tendance à pallier des sons que je n'entends pas par d'autres qu'il invente alors même qu'ils n'existent pas à l'extérieur. Souvent, ce sont de légers sifflements ou des bourdonnements. À cause de cela, je suis incapable de rester concentré sur quoi que ce soit, pas même sur mes pensées. Le monde que j'entends est parfois purement imaginaire. Les entendants ne sont pas plongés de force dans leur intériorité comme les sourds. Le monde intérieur nous est connu et parfois nous terrifie. C'est un monde où tout est à peine tangible, où on est en proie à des interactions invisibles que l'on croit maîtriser et pourtant cela va beaucoup trop vite pour que l'on puisse avoir un quelconque contrôle dessus.

Cela permet néanmoins une certaine sensibilité artistique et littéraire. Mes pensées vagabondant trop, j'ai tendance à les écrire rapidement en des poèmes ou des fiches pour de futurs romans. Pour d'autres sourds, je sais que cela peut être une sensibilité différente à la musique ou au dessin. Là où le sourd peut avoir du mal avec la justesse, il est sensible aux pulsations, au rythme et à la prosodie. Curieusement, la musique, pour moi, est porteuse de rêveries. J'ai beau ne pas comprendre les paroles de la plupart des chanteurs, les vibrations résonnent en moi et m'offrent accès au son. La musique est le son que le monde ne nous accorde pas, c'est une nouvelle forme de compréhension. Lorsqu'une chanteuse envoie des notes lyriques sur des chansons tristes, j'ai beau ne rien comprendre des paroles, je suis porté par l'intention qu'elle met dans la voix. J'analyse souvent l'émotion qu'elle provoque dans mon intériorité qui devient une nouvelle façon de voir ce qui m'entoure. Je suis sourd et sensible, je comprends le monde à travers les émotions, à travers l'artistique et les couleurs que me renvoie le bruit des hommes.

Donc, après avoir dépeint les difficultés et la vision que j'ai en tant que sourd, je vais parler des difficultés que j'ai pu avoir dans mon parcours d'homosexuel, et, bien sûr, mon regard à travers ce biais-là.

La Rose parle d'homosexualité

Mon obstacle, c'est le regard social et la condition des homosexuels. En effet, la société a un regard qui ne met pas en avant l'homosexualité comme quelque chose de « normal ». Il y a les gens « normaux » et les homosexuels. Cela va de soi puisqu'en France, il y a 40 ans, l'homosexualité était considérée comme une maladie mentale. Drôle de symptomatologie que l'amour.

Je généralise beaucoup, il y a des endroits où deux femmes et deux hommes peuvent se tenir la main sans qu'on y fasse attention. Néanmoins, il y en a d'autres où les regards réprobateurs, emplis de dégoût, sont courants. Il y a des lieux où ils se font frapper ou même tuer.

Je parle de la France, pas d'autres pays où la peine de mort pour crime d'homosexualité existe encore. En 2022, la gendarmerie et la police ont enregistré 2 420 crimes et délits homophobes, soit plus de 6 par jour. Évidemment, ces chiffres ne donnent pas le nombre de crimes par rapport aux délits ; eux sont moins graves, mais ces 6 délits, par jour, enregistrés par la gendarmerie me semblent alarmants. Ces chiffres n'étant donc pas complètement représentatifs de la réalité, qui tend vers probablement plus de crimes et délits homophobes, il est difficile de s'y référer. Cependant, si l'on en croit simplement ces derniers, c'est déjà bien assez pour comprendre que, sur ce sujet, il y a une maladie au sein de la société qui s'appelle l'homophobie. De plus, il y a les cas de harcèlements à l'école qui entraînent parfois des suicides. Des harcèlements, à cause d'une orientation sexuelle, que ce soit dans le milieu scolaire ou professionnel, sont trop nombreux pour être chiffrés.

Cette introduction est un rappel pour que vous n'oubliiez pas que, dès que la différence est marquée, elle est la cible de violences qu'elles soient physiques ou morales. Il faut que les critères de différences soient normalisés, banalisés pour qu'il n'y ait pas de violence supplémentaire. L'humain est déjà bien assez cruel pour que ces violences-là se rajoutent.

Pour revenir à mon récit plus personnel, je vais le détailler en parlant de mes amours, en parlant de mon agression homophobe, en confiant les peurs que j'ai eues par rapport au coming out, en expliquant mes difficultés de représentation et en racontant certaines anecdotes importantes à mes yeux. Bien sûr, en racontant mes amours, je vais détailler les réflexions insufflées par ces expériences.

La Rose raconte ses premiers amours

Il peut être difficile pour tout le monde de trouver l'amour. Cependant, statistiquement, il est encore plus difficile de trouver quelqu'un lorsqu'on est homosexuel, simplement parce qu'il y a moins de choix que pour les hétéros. Je n'ai aucun chiffre concret malgré mes recherches, mais, globalement, les personnes LGBT sont loin de représenter une majorité. Donc, pour trouver l'amour, il y a moins de personnes possibles que pour les hétérosexuels qui ont généralement plus d'opportunités.

Dès le collège, je voulais être en couple. Vous connaissez ces rêves de jeunes adolescents qui, à 11 ans, veulent déjà vivre de grandes histoires d'amour. Moi, j'en rêvais. J'aimais un garçon mais, à mon grand regret, il était hétéro. Pendant trois longues années, je l'ai aimé. Je n'osais pas l'approcher, donc je l'admirais en secret.

J'ai fait mon coming out à mes 13 ans. Je l'aimais toujours. Il était toujours aussi drôle et avait de la répartie. Je le voulais comme un gosse qui veut son doudou. Je ne l'aimais pas. Je n'étais pas amoureux, mais obsédé. Je n'ai pas honte de le dire, on confond l'amour avec tant de choses. On le confond avec l'intérêt, avec l'obsession, avec le désir ou encore avec la peur d'être seul. Je n'avais pas aimé à cette époque, mais j'avais expérimenté ce qu'était un désir fou pour un garçon. Aucune fille ne me plaisait.

J'avais également un intérêt purement sexuel pour certains garçons. Je savais déjà, à douze ans, ce que je voulais sur cet aspect-là.

Arrivé en troisième, j'avais 14 ans, je suis littéralement tombé amoureux d'un garçon de ma classe. Je cumulais obsession, désir, passion, intérêt et amour pour lui. J'aurais donné beaucoup, juste pour le voir sourire. Je ne voulais que son bonheur. Je voulais qu'il soit heureux, mais heureux avec moi. Ce désir de rendre heureux quelqu'un, sans intérêt, est ma définition de l'amour pur.

Je vais vous raconter mon coup de foudre, l'élément déclencheur.

On était à la fin de l'automne ou au début de l'hiver, et notre professeur de français nous avait demandé de lire le livre *mon ami Frédéric* qui traite d'une amitié entre un juif et un Allemand dans l'Allemagne Nazie. Pour le contrôle, elle nous a demandé de nous mettre par groupe. Mes amis m'ont tous lâché pour se mettre ensemble.

J'ai entendu sa voix m'appeler « Arnaud, tu es tout seul ? Ne me laisse pas seul avec lui ! ». Il parlait d'un élève qui était le clown de la classe. Il était très sympa, mais très mauvais en cours car il n'écoutait rien et s'en fichait. Il n'avait, évidemment, pas lu le livre et le garçon, qui s'apprêtait à devenir le garçon que j'ai le plus aimé, m'a demandé de le sauver. La prof nous explique donc les consignes du devoir et nous dit qu'on a une heure pour tout faire. Le sujet de tout mon amour, qu'on va appeler James, pour préserver l'anonymat, se retourne vers moi et me demande de les lui reformuler car il n'avait rien compris. Je les lui réexplique donc et, au moment où je vérifie s'il me suit toujours, son regard provoque en moi une décharge électrique. C'est à ce moment que je ne me suis plus moqué des histoires clichées où un seul regard suffit à faire tomber amoureux. Il me regardait avec attention de ses magnifiques yeux marron clair. Il avait donc compris la consigne et, pendant tout le devoir, je menais un combat interne pour calmer mon cœur qui battait la chamade comme il ne l'avait jamais fait.

James était ce garçon avec une bouille qui donne envie de le chouchouter. Moi aussi je voulais me rapprocher de lui, comme beaucoup d'autres personnes de ma classe, mais je ne lui parlais la plupart du temps qu'en mathématiques. C'est aussi pourquoi je suis passé de 16 de moyenne en 4e à une moyenne de 12 en 3e. Je ne regrette rien. C'était pour la bonne cause car l'amour est toujours une bonne cause. Il était le garçon qui hantait mes rêves. Je cherchais toutes les occasions possibles pour rester au moins dans son ombre.

Il était, malheureusement pour moi, bel et bien hétéro. C'est une mauvaise habitude que j'avais de ne trouver à mon goût que des hétéros. Enfin, vu que je me trouvais fichtrement laid à l'époque, le fait qu'il soit hétéro était une barrière moins douloureuse qu'un rejet sec.

Il a su, à cause des rumeurs, les sentiments que j'éprouvais à son égard. Figurez-vous qu'on a quand même parlé sur Instagram après. Au fil de la discussion, il m'a posé cette question fatidique « j'ai entendu des rumeurs comme quoi, tu m'aimes. Est-ce que c'est vrai ? » Il ne l'a pas dit exactement comme ça mais c'était l'idée. Je lui ai alors tout avoué en lui précisant que je savais qu'il était hétéro, donc que je n'avais pas le moindre espoir, et lui souhaitais tout le bonheur du monde. Je m'attendais à ce qu'il ne me parle plus mais il a quand même pris le temps de me remercier puis de me dire qu'il espérait que je serais heureux avec un autre garçon que lui.

J'ai tenté de lui reparler mais, comme nous n'étions pas amis, j'étais plus dérangeant qu'autre chose ; donc, j'ai arrêté.

Son rejet m'a fait pleurer de soulagement car je n'avais plus du tout peur d'aimer un garçon et j'avais compris qu'il existe des garçons hétéros qui ne s'offusqueront pas plus que ça qu'un autre garçon les aime. Après tout, je ne lui faisais rien de mal. Enfin, je crois, d'après mes souvenirs.

Ce dont je me souviens, c'était mon angoisse constante de le déranger par mon amour parce que j'étais aussi un garçon.

Ce que m'ont appris mes amours au collège, c'est de ne plus avoir peur d'aimer et que, dans le pire des cas, ce n'est pas si grave d'être rejeté. Maintenant, il n'est plus qu'un souvenir qui me fait sourire. J'ai aussi compris que je n'ai plus à me cacher. J'ai gagné en confiance en moi, j'ai réglé des silences qui me pesaient et me blessaient. Surtout, j'ai connu ce qu'était le sentiment amoureux, ce feu en nous qui nous pousse à vouloir tout faire pour le regard et le sourire de quelqu'un. L'amour est une passion, elle ne se contrôle pas. J'ai compris que cacher mes sentiments me pesait beaucoup simplement parce qu'ils étaient dirigés vers un garçon. C'est en posant des mots sur ce que l'on ressent qu'on est capable de l'accepter. Poser les mots, c'est ajouter du sens sur ce qui reste brumeux, insatisfaisant et qui peut envahir l'esprit. L'amour est un sujet très complexe, en particulier si nos sociétés en font un tabou. Or, lorsque ce n'est plus le cas, il se produit une véritable libération.

Qu'il est ridicule de faire la différence entre l'amour entre deux personnes du même sexe et celui de deux sexes différents…

Dans le prochain chapitre, je continuerai la chronologie des garçons que j'ai rencontrés et qui ont provoqué en moi des questionnements ou des réflexions.

La Rose aime même en vacances

Est venu l'été de la troisième à la seconde et, durant ce temps, je cherchais à oublier James.

C'est alors qu'en partant en Bretagne, j'ai trouvé un garçon magnifique sur la plage.

J'allais tous les ans, depuis cinq ans, à la même plage et j'avais deux amies qui étaient des jumelles. On jouait beaucoup dans l'eau et on s'amusait à se couler, comme tous bons amis qui savent quoi faire à la mer finalement.

Cet été, je les ai vues avec une petite fille dont elles s'occupaient. Je ne comprenais pas qui était cette nouvelle arrivante. C'est alors que sort de nulle part un Apollon qui vient leur parler comme s'ils se connaissaient. Curieux, je demande qui il est et les jumelles me le présentent. Toujours pour préserver l'anonymat, on va l'appeler Caleb. Caleb me fit un grand sourire avec son visage d'ange et le vert de ses yeux qui ressortait au soleil. Je lui demandai son âge puisqu'il me paraissait plus vieux que moi. Dans l'eau, n'ayant pas mes appareils, j'entendais 16 ans lorsque j'en avais 14. Puis, en répétant, il me corrigea en disant qu'il en a 13. Il est rare de trouver des garçons musclés à cet âge-là et, pourtant, il était bien dessiné.

Au moment où les présentations se sont finies avec une autre amie qui était présente ce jour-là, les jumelles se sont jetées sur moi comme chaque année et ont tenté de me couler. N'y arrivant pas, elles ont demandé de l'aide à Caleb. Et, contre toute attente, il les a aidées. C'était pour mon plus grand malheur si je jouais vraiment, mais, pour mon plus grand bonheur, si je ne jouais pas sérieusement. Il faut savoir qu'à cette époque, je n'avais jamais eu de contact avec un garçon et que j'étais un adolescent en proie à ses hormones. J'ai donc beaucoup rougi quand il m'a attrapé par la taille, soulevé et plongé dans l'eau avec lui. Moi qui n'avais jamais eu le moindre contact physique avec un garçon, un bon Dieu, ou un diable malveillant en fonction du point de vue, m'a permis d'en avoir un, mon premier, avec l'un des plus beaux garçons que je n'avais jamais croisés avant.

Je considérais que j'avais fait le test de ce qui me plaisait ou non. Les filles ne me faisaient pas d'effet quand elles se collaient à moi en maillot de bain ; en revanche, ce garçon avait réussi à me faire rougir et à me faire rêver de lui toute la nuit qui a suivi. Dans ce contexte, je les ai donc informées de mon homosexualité et particulièrement de mon attirance pour ce garçon quelque temps après. Ce que je ne savais pas, c'est qu'elles, non plus, ne tiendraient pas leurs langues.

Le lendemain soir, j'ai voulu leur demander son numéro pour pouvoir lui reparler mais elles étaient avec lui et elles lui ont dit. Elles lui ont tout dévoilé. Elles ne lui ont pas juste demandé la permission d'avoir son numéro. À travers le portable de l'une des deux, il m'a répondu « peut-être l'année prochaine » avec un smiley qui m'avait traumatisé à cette époque, tant je fus choqué. Le smiley était innocent bien sûr mais le fait qu'il ait tout su à cause des deux filles m'avait laissé dans un état d'hébétude.

De déception en déception, je me rendais compte que je ne tombais que sur des hétéros qui ne seraient jamais intéressés réellement par moi.

J'en ai appris à mes dépens que, si je voulais le numéro de quelqu'un, je lui demanderais directement la prochaine fois, sans en parler à mes amis. J'ai aussi appris que de ne pas cacher son homosexualité était une chose, sélectionner à qui l'on confie nos attirances en est une autre. En effet, je considère comme anodin le fait d'avoir une certaine orientation sexuelle ; en revanche, lorsqu'on aime une personne en particulier, cela précise la direction et cela peut devenir beaucoup plus intime. Confier nos attirances pour une personne ne relève pas du même ordre que le coming out. Il est donc important de choisir les personnes à qui vous confiez ces choses-là et, ce, autant en étant homosexuel qu'hétéro.

Tous les précédents garçons étaient alors hétéros mais ce n'était pas le cas du quatrième garçon qui m'a charmé…

La Rose est séduite

Je rentre en seconde en 2019, je ne cache absolument pas mon homosexualité et, avec des potes que je m'étais faits, on entend parler d'un club manga ou japan club plus généralement. Fans de mangas et d'animes, on décide donc d'y aller.

On s'assied et je remarque qu'il y a peu de garçons présents, mais l'un d'eux attire particulièrement mon attention.

La présidente du club commence à nous dire les règles du club et les choses sympas qu'on peut y faire. Surtout, elle nous dit qu'on a un budget fourni par le lycée pour développer le club et qu'on aurait une machine à coudre pour faire des cosplays dans l'année. Il régnait une très bonne ambiance et j'étais loin de me douter, à ce moment-là, que je passerai mes meilleurs moments du lycée dans ce club et que j'en deviendrai le président en terminale. Mais n'avançons pas trop vite dans l'histoire et revenons-en à ce jour d'ouverture et de présentation du club. La présidente nous informe qu'ils ont une bibliothèque de mangas dans un meuble du lycée. Ce meuble avait tout un tas d'affaires pour le dessin et de matériaux pour des cosplays. Vient alors le sujet des lectures de yaois. Les yaois sont des mangas qui mettent en scène des relations homosexuelles entre deux hommes avec souvent du contenu explicite. Une personne du club demanda un vote à main levée pour savoir qui lisait des yaois. Je levai la main et je vois que le garçon qui m'avait intrigué a, lui aussi, levé la main. J'avais donc supposé qu'à défaut d'être gay, il serait au moins ouvert d'esprit. Appelons ce garçon Éric. On avait terminé nos discussions autour des mangas et de ce qu'on aimait. On avait aussi fait un tour des prénoms et j'avais retenu le nom d'Éric.

Le club ouvrait trois jours dans la semaine. Le lundi, le mardi et le mercredi. La semaine d'après, le mardi soir, je suis allé à la deuxième séance du club, le lundi étant axé sur l'apprentissage du japonais. J'y ai revu Éric et j'ai sympathisé avec lui. Cependant, je ne m'étais pas plus rapproché de lui que ça car je voulais rester avec mes nouveaux amis mais il en a décidé autrement. Il est venu vers moi en me tendant un yaoi et en me conseillant de le lire. Non, vous ne rêvez pas, c'est lui qui est venu en premier pour me connaître plus. De ce fait, je pris son yaoi et je le lus en moins de deux heures. C'était une histoire d'amour entre deux garçons au lycée… J'ai commencé à me faire des tas de films dans ma tête parce qu'en soi, je le trouvais vraiment pas mal, hormis que je détestais son style vestimentaire. On a donc pris mutuellement nos contacts et, de fil en aiguille, j'apprends qu'il a redoublé et qu'il a eu la professeure de physique-chimie que j'avais cette année-là. Moi, étant en difficulté dans cette matière, je lui ai demandé des cours en avance. On se retrouvait au japan club et je lui grattais certaines de ses notes sur un cours de physique. C'était forcément de la physique ; pour la chimie, je m'en sortais bien. Au passage, je devenais un peu tactile avec lui et il se laissait complètement faire. Je lui faisais des massages, on s'échangeait même des cœurs par messages. Pour moi, on tournait juste en rond parce que personne ne faisait le premier pas.

C'est alors qu'a lieu la remise des diplômes du brevet. Cela signifiait pour moi que je reverrais James que je n'avais évidemment pas oublié, malgré les trois ou quatre mois qui s'étaient écoulés. Je montrai donc les messages que j'échangeais avec Éric à des amis du collège et ils me disaient tous que j'avais mes chances avec lui. J'ai même une de mes amies qui le trouvait vraiment beau en photo.

Quelques jours après, je décide de prendre mon courage à deux mains et je lui demande si on peut se voir juste tous les deux. Une fois assis sur des marches entre le bâtiment principal et le bâtiment scientifique, je lui avoue que je l'aime bien et que j'aimerais qu'on se mette en couple. Mon cœur battait la chamade et je craignais un rejet direct. Il resta silencieux. Puis, il a fallu que je le relance en lui disant : « Tu en penses quoi ? » Il m'a répondu une phrase à laquelle je ne m'attendais pas : « Je ne sais pas. » Je lui expose mon point de vue avec les événements précédents et il reste complètement sur la défensive en disant que j'interprète beaucoup. Cela dit, il ne nia pas entièrement. C'est alors que je lui posai des questions sur sa sexualité, car je me disais que si j'avais mes chances, il me suffirait d'attendre qu'on apprenne à se connaître plus. J'apprenais donc qu'il était bisexuel et qu'il voulait le garder secret. Je comprenais, à cet instant, que je m'embarquais dans quelque chose de compliqué…

On resta amis après cette discussion mais je constatais quand même une certaine alchimie entre nous. Je devenais alors plus insistant sur le fait qu'on pourrait se mettre en couple car on devenait un peu confident l'un pour l'autre. Je lui racontais beaucoup de mes problèmes et lui, les siens. On ne s'est pas tout dévoilé non plus car nous restions assez pudiques sur nos passés respectifs. Malgré tout, on se rapprochait de plus en plus.

Arrivent les vacances de la Toussaint ; je partais et j'avais invité une amie. Je n'arrêtais pas de lui parler d'Éric. Puis, durant ces vacances, je fêtais mon anniversaire et j'attendais qu'il me le souhaite car je l'avais prévenu quelques jours avant. Comble de déception, il l'oublia. Je me suis senti frustré et je lui ai dit mais il est devenu froid. Je ne comprenais pas et je décidai de moins lui parler.

Quelques jours plus tard, il revint vers moi et se confia sur une situation personnelle difficile à vivre. Je me disais donc qu'il était trop pris par ses problèmes pour penser à moi.

Je l'ai revu à la rentrée et, de nouveau, une alchimie s'opérait. Au japan club, mes quelques amies, au courant de notre petit secret, nous regardaient avec l'idée en tête de nous laisser seuls. La présidente avait été mise au courant et elle me disait de ne pas trop espérer de relation avec lui car je m'attachais sûrement à cause des problèmes qu'il écoutait et qu'il me servirait plus de pansement que de petit ami. Après réflexion et expérience, elle avait entièrement raison. Moi, borné, en manque d'affection, et voulant trouver l'amour, je m'accrochais désespérément à lui. On en est venu à se rapprocher et, un soir, il m'invita dans une salle à laquelle il avait accès. Au fil de la discussion, il prit ma main dans la sienne et je lui demandai directement ce qu'il faisait.

Enfin… Je lui dis : « Mais qu'est-ce qui te prend ? »

Cependant, content de son initiative, je me laissai faire. On continua à discuter main dans la main. C'était la première fois de ma vie qu'un garçon s'intéressait à moi et faisait preuve de tant d'attention. J'étais pris dans la matrice, pris dans le piège de l'illusion d'amour. Il me lâcha la main et alla fermer la porte à clé. J'étais complètement perdu et je croyais sincèrement rêver. Il revint et me prit dans ses bras. Dans un désir de clarifier les choses, je lui ai demandé si ce geste était une preuve d'amour. Il me répondit alors que c'était simplement « amical ». Je bouillonnais de l'intérieur et je voulais à la fois l'embrasser et lui mettre mon poing dans la figure. Je commençais à perdre patience à force de jouer au chat et à la souris.

Je suis le chat, et il était la souris.

On est alors rentré dans un jeu de provocation dans lequel j'avais été bien direct et on s'était embrassé. Du moins, je l'avais embrassé et il était prévenu. Nous n'avons pas pu profiter plus de notre cocon puisqu'il fallait sortir avant la fermeture des portes du lycée. Cependant, je savais désormais à quoi m'en tenir. Il ne me repoussait pas du tout.

En rentrant chez moi, j'étais aux anges et ma mère se doutait de quelque chose. Elle me bombarda de questions sur la raison de mon air heureux et non pas lassé de revenir de cours comme la majorité des autres soirs. Je lui répondis, sans la moindre hésitation ni pudeur, que je venais d'embrasser le garçon que j'aimais pour la première fois. Elle ne réagit pas plus que ça et je continuais ma vie.

Plusieurs jours plus tard, il était enrhumé et dans les couloirs du lycée, quand nous nous sommes retrouvés seuls, nous nous sommes embrassés. Mais, cette fois-ci, ce n'était pas un baiser chaste et pudique, c'était un vrai bisou digne des jolies romances à la télé. Un « french kiss » que j'ai bien vite regretté car j'ai eu mal à la tête et le nez qui coule le lendemain.

On avait constamment cette ambiguïté au lycée et même hors du lycée. On était parti au cinéma ensemble par exemple. On vivait une vie de couple officieusement mais officiellement ça ne m'allait toujours pas. À défaut du fait que notre relation soit publique, je voulais au moins qu'elle soit vue de la même manière des deux parties.

En janvier, après trois mois de relation avec ce garçon qui ne répondait que des « je ne sais pas » à mes « je t'aime », j'ai décidé de lui poser un ultimatum. C'était une idée à laquelle j'avais mûrement réfléchi notamment avec les personnes les plus proches pour qui je n'avais pas ou peu de secrets. Je lui ai dit que notre relation devait être fixée une bonne fois pour toutes. Soit il choisissait qu'on reste amis, soit qu'on se mette en couple officiellement. Malheureusement, ou sans doute heureusement, il a choisi l'amitié.

Ainsi, s'est achevée ma première histoire d'amour, non sans conflits après, mais il est inutile de le raconter ici.

Ce que j'ai compris à ce moment, c'est que j'étais prisonnier de mes désirs d'adolescent qui cherche l'amour sans même avoir compris le danger qu'il pouvait représenter quand on s'accroche à des écrans de fumée. L'amour peut être merveilleux et merveilleusement venimeux.

De plus, à cet âge-là, on est extrêmement influençable et je sais que beaucoup cherchent à être en couple pour être comme les autres ou parfois comme ceux qu'on appelait les « populaires ». Je pense, au-delà des hormones qui jouent leur rôle, qu'il y a également une forme de pression sociale qui s'exerce dans une société d'adolescents. L'image et les désirs d'avoir des expériences amoureuses à cette époque sont des facteurs qui influencent énormément sur la santé mentale des adolescents. L'amour est idéalisé comme quelque chose qui permet l'appartenance sociale à un groupe.

J'ai, par ailleurs, compris que le simple fait d'être dans une société où il existe bien des familles homophobes, bien des peurs de se faire juger du fait d'être LGBT, ce sera encore un parcours du combattant pour trouver l'amour. Lorsqu'on est hétéro, on peut rencontrer des problèmes de familles racistes, de familles qui ont des idées complètement arriérées comme celle de vouloir choisir la personne avec qui leurs enfants devront se mettre en couple, voire se marier. Cela peut être un frein aux relations amoureuses. Mais ça l'est pareillement pour les personnes homosexuelles qui, en plus, peuvent avoir le problème de la peur de se dévoiler ou d'être agressées si jamais elles montrent leur attirance pour une personne du même sexe. Je sais aussi que certains vont cacher leurs relations homosexuelles par peur des réactions de la famille ouvertement homophobe. Là se trouve l'énorme fossé entre les relations homosexuelles et hétérosexuelles. Aucun hétéro ne va s'inquiéter d'être vu avec une personne du sexe opposé à moins d'être sévèrement atteint d'une maladie mentale ou d'une névrose qui a pris un tournant inattendu.

Je ne dis pas que pour les hétéros, il est simple de trouver l'amour, je précise simplement que dans les problèmes qu'un homosexuel peut rencontrer, il y a ces barrières supplémentaires.

Dans le prochain chapitre, j'aborderai ma première agression homophobe ainsi que mes désillusions à propos de l'amour et, comme toujours, je dirai ce qu'il faut en retenir.

Voyages et ronces

J'ai déjà raconté dans le chapitre 3 mon agression homophobe mais je voudrais revenir dessus pour proposer une autre réflexion que celle liée à l'éducation et parler de comment je l'ai vécue personnellement.

Comme je l'avais précisé, je voyageais en Irlande et le groupe était, selon moi, formidable. Je me suis épris d'un garçon parmi eux et j'ai sympathisé avec lui. Au début du séjour, je m'entendais bien avec tout le monde, puis est venu le mardi de la deuxième semaine où je me suis retrouvé face au garçon qui me plaisait et qui m'a agressé. Heureusement, je n'aimais pas mon agresseur d'amour obsessionnel.

J'ai connu l'amour impossible avec des personnes hétéros, que ce soit dans le cadre scolaire ou en vacances, j'ai connu l'amour qui ne pouvait aboutir nulle part mais je n'imaginais pas pouvoir connaître un amour à sens unique avec une personne qui pouvait me vouloir du mal. Sincèrement, ce n'est pas l'expérience que j'ai le plus appréciée. Mais, ironiquement, ce n'est pas celle qui m'a le plus blessé. Sur le moment, je n'avais pas eu l'impression de développer de traumatisme mais cet événement restait un événement que l'on appelle en psychologie « potentiellement traumatique » car il porte atteinte à la sécurité de la personne. J'étais bien entouré et je n'ai pas eu d'autres problèmes jusqu'à la fin du séjour ; simplement, je ne parlais plus au garçon qui m'avait attrapé par le cou et je restais principalement avec l'amie que je préférais du groupe. À vrai dire, les jours qui ont suivi ne m'ont pas paru plus pénibles que ça et cet incident m'était presque sorti de la tête.

Il a fallu du temps avant que cela ne me revienne par l'intermédiaire d'un cauchemar. J'en ai donc parlé à mon psychiatre de l'époque. J'ai fait tout le travail sur moi nécessaire, c'est-à-dire de bien comprendre et assimiler que c'est du passé, de pardonner, de laisser mes émotions s'extérioriser notamment à travers l'écriture de poésies.

Désormais, il ne s'agit plus que d'un souvenir mais, quand j'étais dans la même classe que quelqu'un qui avait un regard similaire au sien, je n'étais pas autant serein jusqu'à ce que je différencie enfin ce pauvre camarade de classe, qui ne m'avait rien fait, de mon agresseur.

Pour poursuivre la liste des garçons que j'ai aimés, s'en est ensuivi celui que j'ai aimé en début de première jusqu'en décembre de la même année.

En entrant en première, je me suis lié d'amitié avec d'autres personnes, dont certains dans les spécialités. Il y en avait un qui était dans ma classe uniquement en spécialité anglais. On s'est mutuellement apprécié mais, au fur et à mesure, je commençais à m'attacher à lui car il avait beaucoup de choses, notamment physiques, que j'appréciais. Il était très mignon et sortir avec lui, de temps en temps, me plaisait beaucoup. On est même parti à Disneyland ensemble avec ma grande sœur. C'est l'expérience qui a éteint toute flamme que je pouvais avoir à son égard car cela ne s'est pas passé comme on aurait pu le vouloir. Ayant une autre amie qui l'appréciait et ayant vu certains de ses côtés sombres, je me suis vite détaché de ce garçon au point où on n'est même plus amis aujourd'hui.

Ce que je retiens, et ce que je veux partager de ces deux expériences, ce sont des leçons. La première leçon, c'est que, puisque nous sommes humains et vulnérables psychologiquement, il est important de prendre soin de soi et d'être indulgent envers soi-même. On ne peut pas tout gérer en même temps et ce n'est pas un souci. Il n'existe personne qui soit heureux d'être débordé par des émotions négatives à moins d'avoir déjà sombré dans la folie. Il est important de prendre du recul sur les événements que l'on peut vivre pour ne pas rester dans un cercle vicieux d'angoisses ou d'anxiété. Pour cela, il existe des personnes qui peuvent aider que ce soient des thérapeutes, des amis, de la famille ou autres. Le tout, c'est de trouver le courage d'en parler et la volonté de se relever. C'est une leçon que j'ai particulièrement comprise dans mon vécu avec l'homosexualité mais cela s'applique à n'importe quel événement qui peut bouleverser.

La deuxième leçon est celle à propos des limites à se définir soi-même. Il est parfois nécessaire de rationaliser en amour pour faire le bon choix au lieu de s'embarquer dans des relations qui mèneront au naufrage. Poser ses limites permet de ne pas tolérer ce qui nous enfonce dans des relations malsaines. Cela peut passer par plein de choses mais nécessite toujours une prise de recul sur chaque situation. Je pense que poser ses limites passe par une étape de pause pour redéfinir ce qu'on autorise dans nos vies, ce que l'on tolère, ce que l'on apprécie, et ce qui nous semble moral. Si une attitude, un comportement d'autrui ne rentre pas dans ces cases fixées, alors il a franchi des limites et il est important d'au moins l'éloigner de nous si nous ne sommes pas bien placés pour lui expliquer en quoi son comportement peut être déplacé, voire blessant. En effet, dès que quelqu'un dépasse ces limites personnelles, cela engendre une douleur ou un malaise car cela heurte la sensibilité de chacun. Si vous ne posez pas vos dites limites, vous vous ferez constamment marcher sur les pieds et vous n'arriverez jamais à être ni serein, ni en confiance dans vos relations sociales. Fort heureusement, nous avons tendance à le faire spontanément mais, parfois, on s'oublie. Cela peut être par peur ou par honte ou encore par sentiment de ne pas être à sa place, ni légitime de pouvoir poser ses limites. C'est pour cela que j'insiste à nouveau sur l'importance de se connaître pour poser des limites qui améliorent notre vie, notre environnement et la qualité de nos interactions sociales.

La dernière leçon, qui à mon sens est la plus importante de toute mon œuvre, est la suivante : vous ne devez pas vous laisser faire ni demeurer dans le statut de victime. Nous pouvons tomber, cela arrive à tout le monde, mais nous ne pouvons pas rester au sol à nous apitoyer sur notre sort si nous avons des rêves à porter et si nous voulons être heureux. Tels le Ying et le Yang, le bonheur va avec le malheur. Pour savourer la victoire, il faut appréhender la défaite ou la peur de l'échec. Je suis heureux d'avoir vécu cette expérience de violence homophobe car elle m'a appris à m'affirmer malgré moi. C'est une rage de vivre qui doit alimenter notre vie et non pas une forme d'apathie et de laisser aller aux émotions négatives. Dès lors où nous sombrons dans ce tourbillon de pensées parasites et d'affects douloureux, nous ne devenons plus que des morts-vivants. Je ne parle pas de zombies mais bien de personnes qui vivent, du moins survivent, sans jamais alimenter ni leurs rêves, ni leur bien-être, ni leur élan vital et c'est, selon moi, exactement ce qui caractérise les personnes éteintes.

Coming out et la Rose

Dans ce chapitre, je vais parler du contexte dans lequel j'ai fait mon coming out et je prodiguerai des conseils pour tous ceux qui ne savent pas comment s'y prendre.

Tout d'abord, je n'ai pas fait mon coming out de la même façon à tous. Évidemment, lorsque je dis que je suis gay, maintenant, ça n'a plus rien d'un coming out ; qui le veut peut le savoir. La notion du coming out est vraiment le passage du secret à la révélation. Les personnes pour qui c'est une évidence et qui se fichent d'avoir à dire leur sexualité ne font pas de coming out lorsqu'ils parlent de leur sexualité.

Dans mon cas, personne ne savait que j'aimais les garçons parce que j'avais fait de mon homosexualité un secret. Mon coming out s'est fait majoritairement à l'oral, excepté pour certaines personnes de ma famille avec lesquelles je l'ai effectué au travers d'une lettre que j'ai demandé à lire une fois que je ne serai plus avec eux. À vrai dire, je tenais à ce qu'ils le sachent sans voir leur réaction directement car cela m'aurait mis mal à l'aise. Pour d'autres personnes, cela s'est fait au cours de discussions.

Je vais prendre l'exemple de ma marraine. Un soir, en rentrant d'un restaurant avec elle et d'autres personnes de ma famille, elle m'a interrogé sur mes amours et si j'aimais une fille. Sur le moment, j'ai simplement répondu que je n'avais rien, ni attirance ni petite amie. C'était la première personne de ma famille à qui j'ai voulu le révéler bien que j'étais peu à l'aise, moi-même, avec ça. Je voulais qu'elle le sache mais pas qu'on en parle. Puis, quelques jours après, je lui ai demandé de venir dans ma chambre et lui ai dit : « Tu te souviens de ta question sur mes amours ? Eh bien j'aime un garçon. » Je l'ai divulgué comme on lance un boulet de canon duquel on ne pourra rien dire. Je n'ai pas fait de confidence ni mis de formes. Pour ce qui est de sa réaction, je ne saurai pas la définir mais elle ne l'a pas mal pris. Elle m'a dit « Et tu me dis ça comme ça ? » car elle ne s'attendait pas à ce que je lui fasse mon coming out et encore moins de cette façon. À ce moment, j'ignorais comment j'aurais pu lui révéler autrement, j'étais très jeune après tout. Il est vrai qu'un coming out peut être surprenant et on ne sait pas forcément quoi dire des deux côtés. Par la suite, je me suis posé beaucoup de questions sur la manière la plus appropriée de le faire et j'en ai conclu que c'est différent en fonction de chaque personne à qui on le dit. J'ai même envisagé en dessin ! Après tout, on dit bien : « Tu veux que je te fasse un dessin ? »

Je conseille personnellement de le faire par SMS. Cela laisse le temps aux autres de réfléchir à leur réponse. On peut également le faire en demandant un peu d'attention comme pour une confession, c'est-à-dire à l'oral, en toute intimité. Je vous déconseille cette méthode si vous n'êtes pas sûr que l'interlocuteur soit ouvert d'esprit. Sinon, c'est faisable sous forme de lettre si vous êtes trop timide pour le dire à haute voix.

Pour ma part, je craignais que certains amis me rejettent ou que les personnes de ma famille me prennent pour le vilain petit canard. Lecteurs ou lectrices qui lisent ces lignes et qui hésitent à faire leur coming out, rassurez-vous, même si vos parents ou des amis vous rejettent, que c'est dur, voire létal, c'est une épreuve qui peut se surmonter. Vous vous entourerez des personnes qui vous aiment pour ce que vous êtes et ce que vous choisissez, non pas pour des apparences qui épuisent votre énergie. Une fois relevé, vous en serez sortis plus forts et vous saurez avancer vers une vie faite toujours de haut et de bas mais le tout est de se concentrer sur les hauts et sur les piliers que l'on peut avoir. Quand je parle de piliers, j'entends une passion, des amis, une famille ou autres qui ne vous rejetteront jamais.

Le coming out peut virer au drame et je le savais à l'époque où je l'ai fait. Je ne voulais pas perdre d'amis et, en plus, j'étais en train de me former en tant que personne au début de l'adolescence. Je n'avais assurément pas la maturité et la solidité que je peux avoir maintenant.

Si je peux vous prodiguer un conseil important, c'est celui de s'assurer du point de vue de l'autre avec des questions. Cela peut varier autour des artistes connus qui représentent, au moins en partie, la cause LGBT telle que Hoshi, Lady Gaga, Eddy de Pretto, Freddie Mercury et j'en passe. Si vous voyez que la personne a tendance à apprécier les artistes et leurs causes, on peut plutôt en déduire qu'ils sont suffisamment ouverts d'esprit pour ne pas rejeter quelqu'un qui leur fait son coming out.

En connaissant le bord politique de votre interlocuteur, vous pouvez également jauger s'il est ouvert à ce sujet. On retrouve moins de personnes ouvertes aux droits LGBT parmi les extrémistes de droite par exemple. Mais, il en existe sûrement. Après tout, il faut de tout pour faire un monde. Ces questions peuvent être un bon préambule pour connaître l'opinion que l'autre pourra avoir à propos de vous après votre coming out. Rappelons-le, puisque nous sommes une société hétéronormée, on entend encore des questions du type : « Vous pensez quoi des homosexuels ? » C'est pour cela que je conseille aussi de poser des questions pour être sûr de se prendre au jeu ridicule et puéril de cette société et évaluer si on peut être tranquille avec la personne qui répond. Rassurez-vous, les homosexuels ne sont pas des aliens, ni même une autre espèce que celle des humains.

Pour en revenir au coming out, cela demande du courage et je peux, de plus, préconiser de le faire en étant aux côtés de quelqu'un en qui vous avez confiance et qui est déjà au courant. Cette personne pourra justement vous donner le courage nécessaire si cela représente une épreuve pour vous. Et, dans le pire des cas, cette personne pourra vous défendre ou vous aider si cela tourne mal.

Le coming out est une étape qui peut être un défi immense. Cependant, cela peut parfois être négligeable. Typiquement, je connais des personnes dont les parents leur ont répondu : « Mais oui, mais de toute façon, on s'en fout, tout le monde aime tout le monde, non ? » C'est assez comique comme les réactions peuvent diverger. Dans certaines familles, on peut pleurer et prier des heures pour le salut d'un enfant homosexuel pour qu'il retourne dans le « droit chemin ».

Dans tous les cas, j'estime qu'un parent, qui porte suffisamment d'amour pour son enfant, ne va pas le rejeter pour une orientation sexuelle… Cela est, à mon sens, une incapacité à être parent. On ne peut pas attendre d'un parent d'être parfait mais au moins de ne pas être ignoble. Encore une fois, être parent, ce n'est pas contrôler son enfant comme un pantin.

Dans le prochain chapitre, je parlerai des difficultés de représentations que j'ai pu avoir et ferai un topo sur l'importance d'avoir différentes représentations dans l'enfance et l'adolescence.

Les représentations de la Rose

Dans ce chapitre, je vais parler des difficultés de représentation qui sont également la cause de mon incapacité à comprendre tôt mon attrait pour les hommes. Dans un premier temps, je ne connais pas le moindre livre d'enfance qui met en scène une histoire d'amour autre que celle avec une fille et un garçon. Je sais qu'il en existe désormais mais il faut chercher pour les trouver. Quand on est petit, on aime voir toutes ces histoires d'amour mais est-ce nécessaire d'avoir les princesses toujours avec des princes sans jamais qu'il y ait deux princes ou deux princesses ensemble ?

Les homophobes ou les personnes étroites d'esprit me répondront : « On ne veut pas que nos enfants deviennent homosexuels ! On ne va pas les éduquer avec ça ! » Sachez que j'ai grandi uniquement avec des films de princes et de princesses ensemble, j'ai été éduqué à l'hétérosexualité et cela ne m'a pas empêché d'aimer les garçons. Le fait qu'il y ait plus de films, dessins animés, histoires avec des romances homosexuelles ne changera pas l'existence de romances hétérosexuelles. Ce serait même désolant qu'il n'y en ait plus car j'adore ces romances comme beaucoup d'autres. Le problème n'est pas dans le fait qu'il y ait des romances hétérosexuelles, le problème est qu'il n'y a pas un seul Disney connu qui mette en scène une relation homosexuelle. Cependant, il faut l'avouer, en 2020, Disney + a sorti le court métrage « Out » mettant en avant la relation amoureuse de Greg et Manuel. Cela permet une légère avancée dans la représentation homosexuelle à travers les films Disney dont les studios considéraient ce sujet comme principalement tabou. Bien heureusement, certains autres studios d'animation ont mis en avant des dessins animés avec des relations homosexuelles, cependant, je précise Disney car c'est, à ce jour, la plus grande référence en matière de film d'animation. Qui ne connaît pas Disney et son pouvoir d'influence sur les enfants ? Certaines se prennent pour des princesses, d'autres des chevaliers et finissent par ne rien être de tout cela. Simplement, les enfants acquièrent une représentation de valeurs qui leur parlent et qui leur plaisent. Au lieu de tout censurer, pourquoi ne pas les laisser se faire leur propre avis en leur permettant de visionner des films variés ? Pour certains, je suis persuadé que ça les aiderait à mettre des mots sur ce qu'ils ressentent et vivent. Si nous n'avons aucune référence extérieure de ce qui nous arrive, nous faisons face à l'inconnu et cela peut être déboussolant, d'autant plus lorsque ce sujet est placé sous silence ou mal accepté. Après tout, si nous sommes dans la matrice d'une seule norme, alors il sera plus compliqué d'affirmer une forme de différence. Exclure l'homosexualité, qui existe depuis la nuit des temps, de la culture populaire ne fera que régresser les mœurs. Je suis même prêt à dire que les dogmes qui nous divisent ne naissent qu'à partir de la vision que monopolise une norme unique.

Au fond, l'homosexualité n'a rien de différent, il s'agit simplement d'une attirance pour un sexe qui n'est pas celle d'une majorité de personnes.

Je vous rassure, il existe désormais beaucoup plus de films, de dessins animés ou d'histoires qui racontent des amours de tous les bords. Cela m'a d'ailleurs aidé dans mon adolescence quand j'ai fait mon coming out. Nos sociétés occidentales ne sont pas aussi délétères que ça en matière d'ouverture d'esprit bien que, vous l'aurez compris, il reste encore beaucoup de progrès à faire.

Ne pas se reconnaître dans les films ou les dessins animés quand on est enfant peut engendrer un sentiment de solitude et le sentiment d'être perdu lorsqu'on se rend compte qu'on n'a rien avoir avec tout ce qu'on a tenu pour acquis. Ce que l'on connaît, ou connaissait, en l'occurrence, ce sont uniquement des films hétérocentrés, surtout si notre éducation parentale nous enferme dans ce prisme hétéronormé. La diversité des représentations permet de montrer aux enfants qu'ils peuvent ne pas se conformer à un modèle unique et de leur témoigner un geste d'amour en les acceptant tels qu'ils peuvent être ou qu'ils pourront être, indépendamment de leur orientation sexuelle, identité de genre et j'en passe. Attention, je ne dis pas que, dans le cas contraire, toutes les personnes qui n'ont connu que des représentations hétérosexuelles sont homophobes ou qu'elles ont une ouverture d'esprit moins grande.

Après tout, la représentation ne passe pas que par ce que l'on visionne. Les voyages ou encore les rencontres peuvent également nous ouvrir l'esprit. Néanmoins, je pense que la culture populaire a une influence telle qu'on ne peut pas nier sa capacité à faire avancer les mentalités, pour peu qu'on se donne les moyens de mettre en place ce qui est nécessaire.

Je pense donc qu'il est essentiel de parler de la diversité du monde dans les films pour enfant car ces derniers doivent connaître, à mon avis, la différence en tant qu'elle n'est pas à écarter.

Je parle de ces difficultés de représentation dans mon vécu au niveau de l'homosexualité et je pense pouvoir faire un parallèle avec le handicap. Combien de personnes ai-je vues gênées en voyant quelqu'un en fauteuil roulant ? Je ne les compte plus. Pourtant, ces personnes, avec leurs différences, leurs défis supplémentaires, restent nos égaux. Je suis comme vous avec mes oreilles défaillantes. Il ne doit pas y avoir de tabou autant sur la sexualité que sur le handicap. Nous devrions pouvoir trouver des personnages, dans les films Disney, qui ont des handicaps et pas seulement des personnes âgées qui entendent mal. Nous devrions avoir des personnages qui ont des troubles du spectre autistique qui partagent leur vision du monde ; pourquoi pas, non plus, des super héros qui se déplacent avec des fauteuils roulants supersoniques, des mages boiteux avec des béquilles qui servent à attraper des étoiles de rêves. Je pourrais inventer des tas d'autres exemples. J'aimerais beaucoup que ce ne soit pas des films secondaires où on ne regarde que le handicap à travers le personnage mais plutôt qu'on le glorifie et que son handicap ne soit qu'un détail ou un bonus dans l'intrigue principale. Pourquoi n'aurions-nous pas des prothèses qui sont l'équivalent du parapluie de Marie Poppins ? Je suis persuadé que cela aiderait fortement à la compréhension mutuelle entre chaque être humain, en oubliant tout jugement et stéréotype.

Pour revenir à un exemple plus intime, le seul personnage de dessin animé auquel je pouvais m'identifier dans mon enfance, par rapport au fait que je sois malentendant, c'était au professeur Tournesol dans *Tintin*… Il est un peu triste à 8 ans de n'avoir que cette représentation et que, pour rigoler, certains proches m'ont appelé « professeur Tournesol » quand je n'entendais pas. Évidemment, maintenant, avec de l'autodérision, j'en ris. Il vaut mieux prendre les choses avec humour. L'humour permet également de faire passer certains messages, c'est pour cela que je préfère rire des problèmes du monde que d'en pleurer.

Pour ce qui est de l'homosexualité, je n'avais pas la moindre représentation hormis les amis de ma mère qui étaient bien vieux à mes yeux d'enfant pour ressembler à des personnages auxquels j'aurais pu m'identifier. Nous commençons déjà à créer de nombreux personnages secondaires qui ont des caractéristiques hors des recettes utilisées et réutilisées. Pourtant, les producteurs de Disney se dégonfleront toujours pour construire un véritable protagoniste affirmé dont la sexualité n'est pas hétérosexuelle. Ils avaient de l'audace pour faire pendre un enfant dans la première scène d'un film de *Pirates des caraïbes* mais pour mettre en scène un prince gay ou une princesse lesbienne, ils enterrent le projet. Même Elsa, dans la reine des neiges, qui aurait dû être lesbienne, ne l'a pas été à la suite de menaces de censure par certains pays. C'est l'argent qui contrôle les films Disney avant l'originalité des arts ainsi que la multitude de personnes qui pourraient être touchées par le fait de se reconnaître dans leurs films.

Pour développer les bienfaits de la diversité des représentations, prenons l'exemple de l'actrice noire qui a joué Ariel dans le film de *La petite sirène*. Cela a fait polémique chez les racistes et personnes étroites d'esprit mais cela a également fait sourire beaucoup d'enfants noirs. Il y a eu une effervescence de vidéos qui montraient des petites filles noires qui disaient « elle est comme moi » avec un grand sourire. Pour ce qui est du film *La princesse grenouille*, qui est le premier Disney avec une princesse noire, pendant la majorité du film ce sont des grenouilles, les traditions vaudous sont diabolisées et la sorcière, qui aide les protagonistes, se balade avec des crocodiles de compagnie… Cela dit, il reste un film que j'ai beaucoup aimé bien que certains points me paraissent quelque peu problématiques quant à la façon dont on a permis la représentation des personnes noires.

Après avoir critiqué Disney, alors que j'en suis le premier fan, je vais dresser une petite liste de films, mangas, que je recommande pour la représentation homosexuelle. Faites évidemment attention aux restrictions d'âge. Ne montrez pas forcément *Call me by your name* à un enfant de 5 ans au vu des caractères explicites présents dedans.

Dans les quelques films que je veux conseiller, il y a évidemment *Call me by your name*, *Le Secret de Brokeback Mountain*, *Été 85*, *La vie d'Adèle*, *Les crevettes pailletées* ou encore *Carol*.

Dans la catégorie des mangas, je ne vais pas donner tous les yaois que j'ai lus ou vus. Je vais simplement conseiller *Junjou romantica*, *Love stage* et *Yuri on ice*. Les deux premiers, je les déconseille avant un certain âge, en revanche *Yuri on ice* est un anime tout public.

Pour ce qui est de la lecture, je ne lis aucune romance gay autre que sur l'application Wattpad. Je ne peux donc pas conseiller le moindre ouvrage, cependant, je vous invite fortement à faire vos propres recherches.

Certains aspects de cette société m'ont poussé à écrire ce livre car l'homosexualité, comme la surdité, sont deux parallèles de ma vie qui me touchent bien trop directement pour que je n'essaie pas d'éveiller les consciences et moi-même servir de représentation pour certains lecteurs. Ce livre pourrait éventuellement permettre de dire à ce lectorat : « Tu vois que ton handicap ne t'empêche pas de vivre ta vie. Regarde, ta sexualité ne t'empêche pas d'être heureux malgré les épreuves. Finalement, tu n'es pas seul et je te comprends. Ne te décourage pas lorsque ton orientation sexuelle ne convient pas ni même lorsque ton handicap te met des freins pour vivre heureux. Ce ne sont que de mauvais moments à passer. » Par ricochet, ce livre permet une certaine représentation puisque je ne mets aucun tabou en parlant librement de la façon dont j'ai vécu mon homosexualité et ma surdité, tout en expliquant l'envers du décor.

La représentation est un sujet abordé par bien d'autres avant moi mais je tiens à témoigner l'importance de celle-ci. La banalisation, la normalisation des différences permet de ne pas les stigmatiser et réduire les violences qui existent à leur encontre, j'en suis persuadé. Au-delà de ces effets, je pense que c'est extrêmement important pour le développement affectif de l'enfant de ne pas se sentir dans l'insécurité dès qu'il voit quelque chose auquel il n'est pas habitué. Pour l'adolescent qui se rend compte de ses pulsions et de ses attirances, je pense aussi que c'est important de ne pas se sentir exclu à cause du fait qu'il ne se conforme pas à la norme qu'on lui a toujours montrée.

J'ajouterais, en somme, que les personnes qui n'ont pas une pluralité de représentations sont les personnes les plus aveugles sur ce qu'il se passe dans le monde et même autour d'elles, dans leur propre pays. La diversité des représentations est aussi un fondement de connaissance et une ouverture d'esprit qui rend plus flexible la pensée et permet une capacité d'analyse plus large. En effet, si on a l'habitude de ne faire attention qu'à un seul détail, on reproduit le même schéma dans toutes autres formes de réflexion et cela restreint les horizons de pensée. C'est ce que je remarque notamment pour les luttes entre classes sociales : les riches ne voient pas les pauvres autrement que dans leur vision étriquée, les pauvres ne voient pas les riches sinon que dans leur prisme, réciproquement. La représentation de la diversité permet vraiment de comprendre le monde au-delà de nos a priori ou nos biais cognitifs. Un riche n'est pas forcément radin et un pauvre n'est pas forcément feignant, pour reprendre des stéréotypes que les différentes classes sociales peuvent avoir entre elles. Finalement, ne pas avoir de regard sur la diversité et les différences de chacun appauvrit la capacité mentale à reconnaître en l'autre ce qui nous ressemble et nous rassemble. Cela appauvrit même notre habileté à aimer l'autre. Comment pouvons-nous aimer quelqu'un que nous ne connaissons pas et sur lequel nous avons un nombre monstrueux de stéréotypes infondés ? Cela n'engendre que de la peur et de la défiance, ou au mieux de l'indifférence. L'indifférence est ce qu'il y a de moins mauvais. Quand on aime, cela nous hisse vers le haut ; quand cela nous indiffère, on ne se tire au moins pas vers le bas.

Attention, cela ne signifie pas qu'être témoin de violence et ne pas s'en faire est une attitude que je cautionne. On ne peut pas tolérer la violence si nous voulons tous un monde de paix, dans lequel on vit en harmonie. La violence ne résout rien, à part restaurer un certain égo. L'égo est l'ennemi de la société et de l'harmonie. Il faut donc s'ouvrir aussi à ce qui diffère de nous afin de ne pas le rejeter sèchement et apprendre à le connaître. Ce n'est pas évident car toutes nos sociétés ne fonctionnent pas comme cela et on ne nous apprend pas à aimer mais à aimer l'argent et le confort personnel. On nous apprend à vivre dans une seule nation et à n'avoir que des frontières partout, dans tous les domaines. Le paroxysme de l'ouverture d'esprit est, à mon avis, un regard sur le monde dénué de ressentiment, simplement en comprenant ce qui est, pourquoi cela est tel qu'il est et renoncer à tout jugement moral que l'on peut faire dessus. C'est la tâche la plus difficile que l'homme ne pourra jamais entreprendre au vu de la taille que représente notre civilisation. Je crois que les diverses représentations permettent véritablement de se rapprocher au moins de la compréhension de tout un chacun. J'écris cela en sachant pertinemment que cela est une idylle que de chercher la paix partout. Je peux uniquement espérer que certaines consciences s'ouvrent pour le bien d'une société à plus petite échelle. Voilà ce que permettrait une meilleure représentation dans nos sociétés actuelles.

Dans le prochain chapitre, je vais restituer une série d'anecdotes que j'ai vécues et qui me semblent importantes à commenter.

Les anecdotes de la Rose

Dans ce chapitre, laissez-moi vous partager des anecdotes qui sous-tendent directement des réflexions sur comment certains peuvent percevoir les homosexuels. Ce chapitre ressemblera donc à un catalogue d'expériences que j'ai pu vivre et qui sont semblables à d'autres témoignages que j'ai entendus.

La première anecdote se déroule sur le chemin de mon école quand j'étais en étude de psychologie. Un matin, j'arrive à Montparnasse, il est environ 8 h 15, je sors et un clochard me demande 40 centimes. Il était très insistant et je lui ai donné la première pièce de 1 euro que j'ai trouvée dans mon porte-monnaie. Il me regardait avec mon vernis, mon maquillage et il me demande après m'avoir remercié : « Tu es pédé ? Euh, homosexuel ? » Moi, déstabilisé, je lui répondis simplement « oui ». C'est alors qu'il me tint le bras et me dit : « Attends, laisse-moi t'embrasser pour te remercier. » Donc, vers 8 h 30 du matin, je me retrouvais à me détacher d'un sans-abri qui tentait de m'embrasser alors que je voulais juste aller en cours. Cette expérience m'a laissé envisager deux questions.

La première est celle de la perception qu'il pouvait avoir. Est-ce qu'il pensait sincèrement que tous les homosexuels aiment tous les garçons et se plaisent à embrasser n'importe qui ? J'ai souvent entendu des garçons hétérosexuels dire : « Un homosexuel ne me dérange pas tant qu'il ne s'intéresse pas à moi. » Mais, pensent-ils réellement que les homosexuels n'ont pas de goûts particuliers ? J'ai des critères physiques, personnellement, et je ne crois pas être le seul, au même titre que les hétérosexuels ne s'intéressent pas à toutes les personnes du sexe opposé. Il est tellement déplacé de penser que les homosexuels puissent être attirés par n'importe quel garçon !

La deuxième question que je me suis posée est donc : A-t-il fait ça parce qu'il voulait vraiment me remercier ou est-ce puisque je lui semblais facile et qu'il désirait m'embrasser ? Cette question m'est parue évidemment comme démontrant la dangerosité des représentations clichées que les personnes peuvent avoir sur les homosexuels. Un cliché comme quoi les homosexuels seraient plus abordables. Si j'avais été hétéro, il ne m'aurait pas dit ça. Si j'avais été une fille, il aurait peut-être insisté pareillement, mais je doute que ce soit de la même manière.

Cette première anecdote m'interroge sur la représentation que des personnes peuvent avoir sur les homosexuels en tant que personnes qui seraient plus accessibles que les autres notamment parce qu'ils ne feraient pas de sélection entre les personnes du même sexe.

La deuxième anecdote est plutôt une phrase que j'ai entendue un nombre incalculable de fois. Quand je parle de mes amours, j'évoque souvent le fait qu'il est plus difficile de trouver mon partenaire que si j'avais été hétéro. Des adultes, principalement, m'ont dit : « C'est clair que tu n'as pas choisi une voie facile. » Je conçois que je ne suis pas un génie mais quel est mon intérêt de choisir d'être homosexuel ? Ce n'est pas un choix. Des sentiments, des attirances, cela ne se choisit pas. Je me serais passé de bien des épreuves que cela amène et des peurs liées uniquement à ça. Je peux faire des choix au niveau de mon apparence, je peux faire des choix sur le fait de cacher ou non mon homosexualité, je peux faire des tas de choix, mais pas celui d'aimer quelqu'un.

Certains me répondront qu'ils ont choisi leur partenaire et que, par conséquent, ils ont choisi qui ils aimeraient. Vous pouvez en effet choisir à qui vous vous intéressez. Cependant, vous pouvez avoir des limites. On ne peut pas s'intéresser à absolument tout le monde, tout comme absolument tout le monde ne peut pas s'intéresser à nous. Nous ne sommes pas dans un monde de bisounours où tout le monde peut s'aimer. À mon sens, nous pouvons tendre vers un monde où tout le monde se tolère et se respecte mais pas où tout le monde s'aime et s'apprécie. Nous avons justement le choix de respecter quelqu'un dans le sens où on ne l'embête pas, où on le laisse tranquille avec sa vie. Je ne parle pas du respect dans le sens admirer quelqu'un pour un domaine qui nous tient à cœur. Je le répète : nous ne pouvons pas choisir d'aimer ce que nous n'aimons pas. Évidemment, je peux choisir de me mettre en couple avec une femme que je peux énormément apprécier, je peux même avoir des relations sexuelles avec elle puisque je peux choisir ce que je fais de mon corps. D'ailleurs, beaucoup de refoulés le font. Cependant, je doute qu'il s'agisse d'une façon de faire qui me permettrait d'être heureux alors même que je suis attiré par les hommes en tant qu'homme. L'homosexualité, précisément, ne désigne pas l'impossibilité de faire quelque chose avec quelqu'un du sexe opposé mais plus une non-attirance principalement sexuelle avec cette personne. Personnellement, aucune fille ne m'a jamais vraiment attiré sexuellement (à moins d'être androgyne…). Ce fait n'est pas un choix de ma part, sinon, je pense même que j'aurais choisi d'aimer les deux sexes.

Cette anecdote m'amène à une autre phrase entendue maintes fois : « Comment tu peux savoir que tu n'aimes pas les filles, tu n'as jamais essayé ? » Je ne crois pas avoir besoin de vous expliquer que ce n'est pas parce que je n'ai pas essayé que je ne sais pas. Je peux, en effet, essayer par curiosité, s'il m'en vient l'idée. Pour autant, je sais que, sur le long terme, au-delà d'une simple expérience sexuelle, cela ne me plaira pas. Cette envie tient d'ailleurs, du domaine privé. Chacun choisit d'expérimenter des choses sexuelles, avec des personnes consentantes, évidemment, pour cette forme d'essai. Mais cela n'induit pas nécessairement que l'on ne sait pas ce qui nous attire avant d'essayer. Pour certains, il faut tester tout pour savoir mais, pour les autres, ceux certains de leur sexualité, qui se placent dans leur case, il n'y a pas besoin d'essayer avec quelqu'un du sexe opposé à ce qu'il aime. Nous pouvons faire beaucoup de choix mais pas celui d'aimer. Le choix n'est pas dans les sentiments mais dans les actes, ceux-ci entraînant inévitablement des conséquences. Le fait que ce choix tienne du privé rend aussi la phrase proprement déplacée car tous ne veulent pas essayer autre chose que ce qu'ils savent aimer. Cela ne regarde personne d'autre que nous-même. Imaginez le nombre de fois que j'aurais pu rétorquer : « Et toi mon gars, pourquoi tu n'essaierais pas avec un mec ? Tu ne veux pas ? Oh, tu rates vraiment quelque chose ! Les hommes c'est vraiment une dinguerie. » Je vous assure qu'on m'a déjà tenu ce discours à plusieurs reprises en me rajoutant : « Mais tu es sûr que tu ne voudrais pas essayer avec une femme ? » Sans compter ceux qui font l'éloge des vagins comme si j'allais me dire : « Aller, je vais changer d'avis, c'est vrai que les pénis c'est moins bien. » Posons les termes clairement : ces personnes ont du plomb dans le crâne.

La troisième anecdote est la phrase que m'a dite mon père quelque temps après mon coming out : « Ah, tu es toujours homosexuel ! » Dans sa jeunesse, il aurait aussi été attiré par des garçons mais, avec du temps, il n'y avait plus que les filles qui l'intéressaient. Il expliquait cela par les hormones à l'adolescence. Il pensait donc que mon homosexualité serait passagère. Sur ce point, je me suis beaucoup interrogé car j'ai connu des personnes qui doutaient de leur sexualité, d'autres qui s'en fichaient, d'autres qui changeaient au fil du temps. Je ne crois pas que la sexualité soit comme la météo pour ceux qui sont sûrs de la leur comme moi. Personnellement, je doute fort que dans 20 ans, j'aime les femmes. Je pense que cela n'a en vérité pas beaucoup d'importance. Le but est de se respecter chacun et de banaliser le fait que quiconque peut aimer n'importe qui indépendamment de son sexe ou de son genre. On aime beaucoup mettre les choses dans des cases mais, au fond, cela n'est pas vraiment nécessaire ni même productif si l'on tend vers un respect mutuel entre humains.

Pour ma part, je me suis placé dans une case, maintenant, mais peut-être que je changerai dans 10 ou 20 ans. Cela n'a pas, à mon sens, d'effet ou d'influence sur le fait que personne n'a à me conseiller que je dois ou que je vais changer. Pour le moment, je me suis collé l'étiquette « homosexuel » et nul n'a à me dire que je vais évoluer comme si je devais me plier à une norme et que c'est une déviance liée à mon âge ou quelconque autre raison. Tout n'est pas forcément lié à l'adolescence, à une maladie mentale ou encore à un complexe œdipien mal formé (théorie qui me semble bien fumeuse sur son fond). Cependant, il est sûrement déjà arrivé que des personnes soient attirées par d'autres du même sexe à la suite de changements de ce type. Je ne peux pas nier ces cas mais cela n'a rien à enlever à ceux qui n'ont rien vécu de tout ça. L'homosexualité en elle-même n'est pas une maladie ni même une tendance d'adolescent. C'est un attrait pour une personne du même sexe. Que cela découle des hormones, de la psyché, de la société, de la génétique, je m'en fiche pas mal finalement. Je peux concevoir que, par manque d'affection, par quelconque choc psychologique, certaines personnes puissent se tourner vers l'affection d'une personne du même sexe. Pourquoi pas, je ne suis pas expert dans le cerveau humain et aucun scientifique n'en connaît tous les recoins car aucune neuroscience n'a encore eu accès à toute la complexité de ce dernier. C'est pourquoi cela pourrait avoir un fond de vérité si l'origine de l'homosexualité se situe dans une zone encore obscure de la psyché. La sexualité se forme selon beaucoup de facteurs externes et internes dont on ne contrôle rien et nous sommes bien incapables de dire quels sont ces facteurs.

Néanmoins, en aucun cas, cela autorise des personnes à venir spéculer sur les changements qui peuvent se produire car personne n'en sait rien, et il peut ne pas y avoir de changement du tout. Je pense qu'il est important d'insister dessus car nul ne sait les origines de l'homosexualité malgré certaines études sur le sujet. Il y a des théories qui parlent de génétiques, d'autres psychologiques mais on n'en sait absolument rien. Peut-être même que nous sommes tous des bisexuels refoulés qui sommes conditionnés dans une société qui demande de se placer dans des cases. Je ne me rapproche d'aucune théorie et je me fiche bien de savoir comment je suis devenu gay, ni même pourquoi je le suis. J'ajouterais que certaines théories, comme celles psychologiques qui existent, peuvent engendrer de grosses dérives comme l'homosexualité qui serait une maladie à soigner, une anomalie, alors que les thérapies dites de conversion ne sont que des instruments de torture. La psychologie humaine échappe encore aux meilleurs experts dans ce domaine. Nul ne peut prétendre tout savoir dessus. Au mieux, on peut passer notre vie à nous introspecter religieusement et à se comprendre, soi, dans beaucoup de domaines, mais croyez-vous qu'il soit réellement possible de comprendre et connaître la psychologie de l'autre alors même que l'on n'a pas fait un long travail sur soi ? Et, quand bien même, cela signifierait appliquer des dogmes de pensées sur tous les cas qui sont bien distincts chacun entre eux. C'est pour cela que toutes les explications psychologiques me semblent assez instables, à prendre au cas par cas. Je pense qu'ils peuvent avoir leur valeur de vérité pour certains mais pas pour tous.

Concernant les théories psychanalytiques freudiennes, je m'oppose à un tel raccourci de la psyché pour expliquer l'origine de l'homosexualité. J'ai lu beaucoup de ses livres, j'ai discuté avec des psychologues et philosophes qui l'ont travaillée, et je peux vous assurer que c'est un ramassis d'idées sans preuve, ni empirique ni scientifique. Ce sont juste des hypothèses dangereuses. D'autant que Freud considérait l'homosexualité comme une déviance. Vous imaginez bien que je ne peux pas cautionner non plus un tel terme pour qualifier l'homosexualité. Par ailleurs, la psychanalyse a bien des paradigmes intéressants sur le psychisme mais, concernant l'homosexualité, je ne peux que donner un avis négatif dessus. Ce n'est que mon avis, bien entendu, mais il est basé sur la lecture de plusieurs de ses textes comme ses essais sur la théorie sexuelle, son interprétation des rêves et j'en passe. Un avis également construit sur mes discussions avec des personnes assez compétentes pour me parler du complexe d'Œdipe qu'ils ont pu étudier de façon approfondie durant leur carrière. Pour résumer très grossièrement son idée et vous expliquer un peu ce que je rejette : il part du principe selon lequel un enfant s'attache à son parent de sexe opposé par pulsions sexuelles qui sont des pulsions affectives et non pas des pulsions sexuelles comme celles après la puberté. Cela explique le premier attachement affectif de l'enfant qui, en grandissant, comprend que son parent du sexe opposé est déjà en couple avec le parent du même sexe. Dans un Œdipe bien construit, le parent du même sexe a fait son travail en bloquant la pulsion sexuelle et l'enfant ira chercher ailleurs une autre personne de sexe opposé à aimer, sur lequel « fantasmer ». Dans un Œdipe mal formé, l'enfant assouvit « symboliquement » son désir car le parent du même sexe n'a pas fait barrage. Dans ce cas, l'enfant va se diriger vers quelqu'un du même sexe puisqu'il a déjà obtenu de son parent du sexe opposé ce qu'il voulait. Quand on pose la question sur comment se forme la bisexualité, les psychanalystes freudiens se trouvent plutôt démunis et inventent souvent de nouvelles théories à partir du complexe d'Œdipe qui est simplement le processus de construction psychoaffectif de l'enfant qui mêle l'ensemble des désirs Éros et Thanatos envers ses parents. Les désirs Éros sont ceux qui veulent le bien pour les parents, ce qui tend vers l'amour, là où les désirs Thanatos sont les pulsions destructrices, ce qui tend vers la haine. Voilà la théorie qui explique l'homosexualité en quelques phrases, de façon très raccourcie et, je vous l'avoue, un peu sous son aspect le plus bancal pour appuyer ma façon de voir les informations que j'ai reçues. Libre à vous de faire vos propres recherches sur le complexe d'Œdipe, selon Freud, mais accrochez-vous pour tout comprendre sur les fantasmes, l'inconscient, l'homosexualité psychique, l'homosexualité réelle et tout un tas d'autres notions très intéressantes à interroger mais dont plusieurs que je rejette fermement.

Concernant les paradigmes génétiques, nous pourrions tendre vers des eugénismes si des familles veulent absolument élever un enfant hétérosexuel. Je considère, personnellement, que contrôler la génétique pour choisir le futur de quelqu'un, au-delà d'un cadre purement sanitaire pour l'empêcher d'avoir des handicaps ou maladies, constitue un crime contre l'humanité en ce qu'elle prédétermine, comme du bétail, la destinée de quelqu'un sans lui demander son avis. Les enfants ne sont pas des jouets.

La quatrième anecdote ou phrase qui m'a marqué et qui me semble déplacée est la suivante : « Ah, c'est dommage, tu vas en faire des malheureuses ! » De quoi je me mêle ? Je ne suis pas né pour plaire aux filles en étant un garçon tout comme les filles ne sont pas nées pour plaire aux garçons. Cette phrase est d'autant plus aberrante que de toute façon, on fera des malheureux car on ne peut pas aimer tout le monde. Du moins, je n'ai jamais connu de cas de personne pouvant aimer chaque individu inconditionnellement de sorte qu'ils ne soient pas malheureux. C'est évidemment une phrase qui peut paraître anodine et, la première fois qu'on l'entend, cela ne change pas grand-chose mais quand ce sont toujours les mêmes profils qui répètent ces phrases, alors que ça n'apporte rien, cela peut devenir réellement lourd et pesant. Les profils en question sont des hommes dans la cinquantaine et la soixantaine qui font des blagues douteuses et tendancieuses.

La cinquième anecdote est une anecdote que j'ai vécue deux fois dans des circonstances similaires : dans les temps de fin de classe au collège et pendant une pause lorsque j'étais en école de psychologie. Des élèves ont eu un débat sur la façon dont certaines personnes défendent les droits LGBT. J'ai entendu des « Il n'y a aucun intérêt à se mettre à poil », « Des garçons qui se prennent pour des filles, ça ne va pas faire avancer les choses ». Pour ce qui est de se « mettre à poil », il y a une histoire derrière la lutte pour les droits LGBT ; en l'occurrence, les premières luttes étaient une forme d'exhibitionnisme en disant : « Vous allez me regarder tel que je suis et je ne serai pas dans la norme hétéro comme vous le voulez. » C'est cette visibilité et cette forme d'exubérance qui a nécessité que des personnes se penchent réellement sur ce sujet. Évidemment, il y a eu beaucoup d'opposition mais je crois pouvoir affirmer que les droits des personnes opprimées se sont acquis dans un conflit entre des abrutis qui se raccrochent à leur unique vision du monde et des humains qui ne se laisseront ni écraser ni ignorer. C'est justement grâce à des personnes qui se sont mises à poil, qui ont montré leurs fesses, que nous bénéficions des droits légitimes que nous avons actuellement. Cela peut paraître absurde mais souvenez-vous qu'à l'Assemblée nationale, des femmes ont dû mettre des pantalons pour se faire entendre et gagner en autorité. Constatez l'absurdité de certains moyens qui ont permis l'acquisition de droit. En l'occurrence, je ne conceptualiserais jamais la Gay Pride autrement qu'avec des personnes qui se mettent à moitié nues avec des paillettes, des arcs-en-ciel et une visibilité qui me semblent être nécessaire au combat que l'on mène. C'est avec ces moyens que l'on peut faire changer les choses, aussi loufoques puissent-elles paraître. Tant que des homosexuels ou autres personnes de la communauté LGBT se feront agresser, il y aura une lutte à mener. Le fait d'ailleurs que des garçons aient des « manières efféminées » ne doit pas changer leur légitimité à revendiquer leur droit d'être humain. C'est la simple application des droits de l'Homme pour tous qui nous permet un monde dans lequel on peut tous se respecter. Or, actuellement, ce n'est pas le cas. Ceux qui ne sont pas d'accord avec cela, ce sont ceux qui n'ont vécu que dans l'opulence des privilèges à être dans une seule norme sans que cela leur pose un seul problème. Ce sont des personnes qui n'ont aucune représentation de la diversité, qui craignent l'altérité de manière démesurée et insensée. Ce sont des personnes qui ne donnent aucun argument de fond valable, à grand coup de « c'est comme ça et puis c'est tout » ou « mais on marche sur la tête ! ». Elles sont celles que je considère comme les plus médiocres penseurs et les plus dangereuses en société. Si l'on pouvait leur ouvrir les yeux et fermer leurs bouches, le monde n'en serait que moins violent. Après tout, liberté d'expression ne signifie ni liberté d'oppression ni de diffamation donc, ils n'ont pas à déblatérer leurs inepties qu'ils pensent vraies sans même mesurer la portée de leurs propos. Censurer ces personnes n'est en aucun cas une entrave à la liberté d'expression qui est elle-même, à mon avis, un droit fondamental de l'Homme à préserver, quel qu'en soit le prix.

L'anecdote suivante est une phrase que l'on m'a souvent dite avant que je me maquille ou mette du vernis qui est « toi, ça va, tu n'es pas trop efféminé ». Cette phrase m'insupporte dans le sens où ça ne regarde que moi la façon dont je me tiens et que, efféminé ou non, je reste la même personne, avec les mêmes idées, le même humour, la même débilité aussi parfois. Cela entre dans un débat sur l'image. On écoutera toujours plus quelqu'un qui a du charisme plutôt que quelqu'un qui n'en a pas. C'est ce qu'on appelle en psychologie « l'effet de halo ». C'est-à-dire qu'on attribue à certains plus de qualités qu'ils en ont simplement car ils présentent bien. Cela pourrait d'ailleurs faire l'objet de tout un essai philosophique sur l'importance de l'apparence qui prime souvent sur le contenu. Le problème soulevé serait celui de l'attention que l'on porte plus sur la forme du discours, celle de l'orateur plutôt que sur le fond. Pour tenter d'expliquer très brièvement ce phénomène, je dirais que tous les hommes sont faillibles et que c'est cette faillibilité qui fait que nous avons tendance à écouter les personnes qui semblent moins fébriles dans leur allure et leur discours. Nos propres insécurités nous poussent fréquemment à admirer et à suivre ceux qui ne paraissent pas avoir nos lacunes. Comme l'exprime bien Albert Simonin : « C'est parce que la vitesse de la lumière est supérieure à celle du son que tant de gens paraissent brillants avant d'avoir l'air con. »

Pourtant, nous devrions surtout développer notre filtre critique pour écouter autant un garçon efféminé, qui a des idées raisonnables et rationnelles, qu'un homme qui a tous les critères dits masculins et qui inspire d'emblée le respect. C'est ce filtre critique qui descellera l'absurde chez celui qui est inspirant ou chez celui qui a tendance à être marginalisé. Lecteurs, prenez garde aux prismes que votre éducation a forgés. Je n'écoute que les penseurs qui se positionnent sur des idées en se gardant de les idéaliser et de les prôner comme absolues, restant ouverts à toute forme de critique. Vous l'aurez compris, je n'accorde rien au despotisme et je considère que les personnes qui imposent des normes irréfléchies aux autres n'ont rien d'autre qu'un pouvoir dogmatique sans la moindre légitimité. En revanche, certaines normes et certaines valeurs méritent leur place dans notre société pour peu que l'on veuille véritablement vivre en toute sécurité.

Dans les prochains chapitres, je vais moins utiliser mon vécu pour décrire mon regard sur la société actuelle. J'entre donc dans la dernière partie de mon livre. Je développerai d'abord le sujet des médias lié à celui de la représentation, ensuite, celui de l'hypersexualisation et, enfin, je parlerai du rapport entre l'homosexualité et la religion.

La Rose et les médias

Dans ce chapitre, je vais donc mettre en exergue certains côtés dangereux des médias, parler de l'homophobie banalisée, de l'audisme et proposer une approche des médias qui pourrait être meilleure.

Les médias, quels qu'ils soient, ont un pouvoir de diffusion d'idées et de représentation qui est extrêmement poussé. Je pense même, dans l'absolu, que les médias sont les formateurs des mœurs d'aujourd'hui. Ils ne sont pas appelés le quatrième pouvoir pour rien. Ils savent comment fonctionnent les individus et quelles recettes marchent pour diffuser ce qu'ils veulent. Par exemple, ils savent que lorsqu'une personne a des idées, elle va avoir tendance à préférer écouter ceux qui sont d'accord avec elle, cela flatte l'égo et la reconnaissance de soi (cela travaille sur ce qu'on appelle le biais de confirmation en psychologie). Il existe beaucoup de médias qui jouent sur ce sentiment-là et qui cherchent à placer les opinions au-dessus des réalités les faisant passer comme postulat à avoir. Ainsi, certains intègrent beaucoup de croyances basées sur des opinions et non des faits en adéquation avec la réalité matérielle. On entend toute sorte de choses, sorties de nulle part, qu'il est sans cesse bon de vérifier en confrontant les études et les points de vue. Je crois d'ailleurs, surtout en politique, que certains médias aiment inviter leurs adversaires idéologiques pour tenter de les attaquer au mieux et de ternir leur image. En cela, ils ont un pouvoir pour mettre en avant ce qui arrange les personnes qui sont derrière les médias et qui les financent. Nous sommes éduqués par nos proches, par la famille et par l'école lorsque nous sommes enfants mais ces personnes sont elles-mêmes influencées par les médias. Lorsque nous sommes adultes ou même adolescents, c'est à notre tour de l'être. Je fais donc partie des personnes qui ne regardent jamais ou très peu la télévision et qui préfèrent confronter les sources sur ce qui se passe et se dit sur les réseaux sociaux et par le bouche-à-oreille. Je parlerai des réseaux sociaux en détail dans plusieurs autres paragraphes, je vais d'abord parler des médias télévisés.

Je suis évidemment, moi-même, influencé puisque je suis humain et faillible mais je pense que se couper des médias, au moins quelque temps, est une démarche qui permet de préserver, au moins en partie, l'intégrité de notre esprit critique.

Pour revenir aux médias qui axent leur pensée en fonction de celles et ceux qui les dirigent, je voudrais rappeler qu'au moment où j'écris, il y avait des débats sur l'existence du pronom « iel » et qu'il ne pouvait pas exister de personnes non binaires. Ces personnes n'auraient que des problèmes mentaux ou des idées derrière la tête. Dans divers médias, il y a eu une vague de protestations contre ce pronom, des débats sans fin et, ce que j'ai relevé, qui m'a consterné, c'est que je n'ai vu aucune personne non binaire invitée alors même que ce sont les premiers concernés. On aurait dit un procès sans l'accusé. De ce fait, les médias ont le monopole de la matrice. C'est par leur prisme que beaucoup de choses éducatives passent et je crois que plusieurs d'entre eux utilisent cela pour faire passer leurs propres idées. Ce qui est, à mon sens, dérangeant, c'est que certains prônent des idées qui divisent les sociétés, qui pointent les différences comme si elles devaient être marginalisées, mises de côté.

Être différent et être marginal, ce n'est pas la même chose. Nous sommes tous différents des uns des autres mais on forme une société. Le marginal est celui qui est radicalement différent, qui ne se fie pas aux règles de nos sociétés plus larges et qui forme une société plus petite uniquement avec d'autres marginaux. Le problème de certains médias, c'est qu'ils pointent sans cesse des différences comme si elles étaient à marginaliser, à mettre en dehors de la société commune. Pourtant, le marginal, à moins d'être un ermite, vit parmi nous. Il forme une société avec nous.

Là encore, la notion de marginale serait plus intéressante à étudier aussi dans le fait qu'elle crée de nouvelles sociétés. Je crois que c'est ce qui fait naître certaines communautés dont le lien entre eux est bien plus fort que la grande communauté nationale ou continentale. Attention, ce n'est pas parce qu'il y a communauté qu'il y a consensus obligatoirement. Après tout, il existe toujours des différences qui divisent au sein même de toutes les communautés comme des bords politiques, des religions, des styles vestimentaires, des classes sociales et j'en passe. Quand bien même, je suis gay, je suis loin d'être semblable à un autre homosexuel. Toutefois, on ne peut pas nier que c'est en s'associant que l'on a plus de chance de faire entendre nos droits liés à notre orientation sexuelle et ne plus être considérés comme marginaux, mais simplement différents. Car, on ne peut nier qu'être homosexuel est différent d'hétérosexuel ou de bisexuel ou de pansexuel.

Les médias, eux, ne font que pointer des généralités, dans ces communautés de personnes différentes. Ces médias peuvent aussi parler des différentes communautés en l'absence des membres de la communauté en question. Je ne compte plus le nombre de plateaux télévisés comme BFMTV ou CNEWS qui ont parlé de ce qui ne regardait absolument aucun des chroniqueurs au sujet de l'homosexualité, de l'identité de genre et j'en passe. Ce sont souvent les moins concernés qui parlent beaucoup des personnes dont ils ne connaissent pas le moindre vécu intrinsèque. Attention, je ne dis pas qu'on a besoin d'être homosexuel pour parler des problèmes liés à certaines dérives des membres de la communauté LGBT. Il y a bien des problèmes de ceux qui prônent un certain lobby LGBT et d'autres qui commettent des infractions en utilisant la lutte pour les droits des personnes LGBT. En revanche, je dis simplement que sur les questions de ressentis, les questions légales, les questions de légitimité de ce qui doit être, il faut au moins avoir quelqu'un d'extrêmement proche qui est concerné, avec qui on en a beaucoup discuté pour pouvoir s'exprimer dessus et ne pas divaguer avec sa seule imagination.

J'ai par ailleurs constaté que beaucoup s'autovalident en disant des phrases du type « j'ai un ami gay, donc, je sais de quoi je parle, je vois comment il est », « j'ai ma cousine lesbienne » alors même qu'ils ne se parlent que trois fois par an et certainement pas des sujets plus intimes concernant la sexualité et comment ils la vivent. J'ai certains amis qui ne sont pas très proches de moi et avec qui je n'ai jamais parlé de mon vécu personnel ; ceux-là seraient culottés de se permettre des réflexions homophobes sous prétexte qu'ils me connaissent bien en tant qu'ami. Je vous assure que dans les médias, ce sont souvent des blancs qui parlent des noirs, des hétéros qui parlent des homosexuels et ils sont, pour beaucoup, payés pour dire ce qu'ils doivent dire.

Parfois, il y a même eu des tendances qui ont tourné autour des sujets comme l'homosexualité et on s'est amusé à interroger n'importe qui sur n'importe quoi, dans la rue, comme si tout le monde était qualifié pour parler de certains domaines. Je vous parle donc des façons dont on nous partage les diverses opinions.

C'est comme si on interrogeait un avocat sur des sujets de médecine. Peut-être qu'il s'y connaîtrait, car il a lu des bouquins dessus, peut-être qu'il n'en saurait rien. C'est pour cette raison que les sondages qu'on entend à la télévision ne m'importent pas énormément. Les personnes à qui on demande leur avis peuvent en avoir un qui est pertinent, comme un qui est basé sur des fantasmes ou sur l'influence d'une certaine éducation médiatique. Quelle importance cela peut avoir que des chiffres se référant à des personnes qui peuvent ne rien savoir de ce qu'ils disent ? Faites donc preuve de prudence quand vous regardez les sondages à la télé. Les échantillonnages, c'est bien beau et ils peuvent être représentatifs d'une réalité partielle mais les personnes interrogées ne sont pas forcément aptes à répondre, peu importe leur nombre. Typiquement, si on veut, on peut très bien dire « la peine de mort pour les homosexuels est validée par 60 % de la population interrogée, il serait raisonnable de l'envisager ». Je ne pense pas avoir besoin de faire d'explications plus détaillées pour comprendre que cela ne me convient pas en termes de logique. C'est un raccourci idiot qui a une finalité de raisonnement sans argument de fond valide. Si vous attendez les différents journaux télévisés ce soir et que vous essayez de réfléchir par vous-même, vous vous rendrez compte que vous visualiserez au moins une information biaisée par le regard que l'on veut donner, indépendamment que l'information est discriminante ou non.

Ce qui est plus effrayant encore, c'est que nous savons pertinemment que l'on peut choisir quelles images prendre et quelles images rejeter. Pour peu que l'on veuille truquer les chiffres pour arranger la Direction d'une chaîne, ou encore censurer ceux qui ont une voix raisonnée, on peut le faire en quelques montages vidéo. Je vous invite à tester par vous-même. Filmez-vous en train de dormir puis, le matin, coupez les moments de la vidéo lorsque vous ronflez et vous pourrez dire à tout le monde « regardez, je me suis filmé et je ne ronfle pas ! ». Cela marche de la même façon pour les témoignages. Soit, nous faisons confiance aveuglément aux médias et, dans ce cas, nous pouvons avoir autant de vraies informations que de biaisées, soit nous pouvons confronter nos différentes sources et la réalité des faits ou opinions qui se déroulent dans le monde prendra forme dans notre esprit. Il ne faut pas oublier que les médias sont une industrie au service de la pensée de ceux qui les financent. Certains tentent d'être indépendants mais ce sont rarement les plus connus et les plus visualisés. Typiquement, de vieux médias ont posé la question à des passants dans la rue : « Que pensez-vous des homosexuels ? » Ils ont sélectionné les réponses à diffuser et, en fonction des idées qu'ils défendent, ils peuvent donc donner les réponses qui discriminent ou celles qui banalisent le fait d'être homosexuel. Cependant, attention à ne pas non plus tomber dans les théories du complot où tous les médias sont à rejeter car ils sont sous l'influence des gouvernements et toute une horde de choses que l'on ne peut pas prouver. Il n'est néanmoins pas négligeable que certains médias semblent en relation directe avec le gouvernement et ses idées…

Après avoir soulevé le pouvoir d'image qu'ont les médias, je vais donc vous parler de ce qu'on peut entendre comme propos qui s'apparentent à l'homophobie banalisée et qu'il est important de filtrer. Donnons d'abord une définition de l'homophobie banalisée. Je dirais que ce sont des propos qui sont exprimés de manière désinvolte sans que cela soit à visée négative, mais qui peuvent mettre à l'écart les homosexuels comme si elles étaient des bêtes de foire, des personnes clichées ou comme des personnes presque chosifiées. Ce sont des propos qui ne se veulent pas discriminants mais qui le sont et que l'on ne relève pas forcément. Pour donner des exemples que j'ai déjà entendus, ce sont des phrases telles que : « J'ai trop envie de trouver un meilleur ami homosexuel pour aller faire du shopping avec lui et pouvoir le maquiller. » Je vous signale qu'un garçon n'a pas besoin d'être homosexuel pour qu'il accompagne une fille faire du shopping et pas non plus pour se laisser maquiller mais cela rentre dans des clichés qui stigmatisent une nouvelle fois. Pour rappel, nous ne sommes pas des animaux à avoir pour simple compagnie. Cela peut être également des phrases comme « Il y a certains homosexuels qui me dérangent mais, en soi, je les aime bien ». Alors, je me demande en quoi certains dérangent ? Mais comme la personne a dit qu'en soi, elle les aimait bien, cela ne paraît pas homophobe immédiatement. Il y en a même d'autres qui prétendent ne rien avoir contre les homosexuels mais qui ne veulent pas qu'ils aient les mêmes droits que les hétérosexuels. Cela se traduit par exemple avec des phrases comme : « J'aime beaucoup les homosexuels mais le mariage c'est entre une femme et un homme, on ne va pas changer ça. » Alors que le mariage civil est tout de même différent du mariage religieux et, en France, la première constitution indique que tous les hommes sont égaux indépendamment de leur sexe et de leur sexualité. En partant de ce posteriori, je ne vois pas pourquoi les homosexuels ne pourraient pas bénéficier des mêmes droits sous cette union matriarcale. Personnellement, je peux comprendre que le mariage religieux entre deux personnes du même sexe puisse poser un problème dans l'optique qu'il faille se conformer au modèle d'Adam et Ève. Pourquoi pas, c'est une question pour les religieux et non pas pour un auteur comme moi qui ne se soucie pas de l'état de la constitution religieuse. Je ne suis pas prêtre ou imam, ce n'est pas à moi de dire que telle ou telle église devrait autoriser le mariage gay. Vous voyez, moi, je sais rester à ma place et certains devraient prendre mon exemple.

En revanche, en tant que citoyen, je peux revendiquer mes droits en accord avec une certaine constitution qui se veut, dans l'absolu, morale. Les phrases d'homophobie banalisée contre le mariage pour tous sont donc à reprendre et, dans les cas plus graves, à sanctionner ou à interdire. Je ne comprends toujours pas comment la manif pour tous a pu être autorisée en France, en 2013, par exemple. Non, on ne peut pas être contre le mariage gay et ne pas être homophobe. C'est exactement pareil de dire qu'on prône l'esclavagisme et ne pas être raciste. Dès lors que l'on peut hiérarchiser le degré de droits possibles d'un homosexuel par rapport à un hétérosexuel, c'est de l'homophobie. Au même titre que de hiérarchiser des races est du racisme. Déjà, considérer le mot « race » comme encore utilisable pour parler d'humain est raciste. On parle de races de chiens et non pas de race d'homme ; cependant, dans ce livre, ce ne sera pas mon sujet. Pour revenir à l'homophobie banalisée, nous voyons énormément de dérives dans les médias dans lesquels des personnes se permettent de glisser des phrases de ce genre et n'importe qui peut l'écouter sans filtrer l'information. C'est pour cela que je tiens à mettre en garde par rapport à ces propos discriminatoires.

Dans notre société, l'homosexualité n'est pas encore assimilée comme quelque chose de normal et c'est pour cela que des personnes, qu'elles soient adolescentes ou plus vieilles, n'osent pas faire leur coming out et se cachent. Les médias jouent un rôle immense dans ce phénomène puisqu'ils mettent en avant des personnes ouvertement homophobes sans les remettre à leur place. Cela n'est pas anodin, ce sont des choses qui peuvent blesser et qui prouvent que nous sommes seuls face à cette haine. J'ajouterais que personne ne devrait ressentir le besoin de se cacher de quoique ce soit à propos d'amour. Les amours des uns et des autres ne regardent personne alors pourquoi, en France, on retrouve encore des gens qui se permettent de donner un jugement dans des médias qui ont une telle visibilité ? Les médias gangrènent la société d'idées parfois nocives et cela peut être dangereux. Une société malade ne peut pas donner de gens heureux et, réciproquement, des personnes malades ne peuvent pas donner de sociétés heureuses. Pour cela, il est important que les personnes qui détiennent un pouvoir sur la société et sur les individus fassent passer les messages qui permettent de soigner les maux de chacun et de la société. Ces maux sont l'homophobie et autres formes de discrimination.

Il existe aussi des discriminations envers les sourds. C'est ce que l'on appelle l'audisme. C'est l'ensemble des stéréotypes négatifs qu'on peut avoir envers des personnes sourdes. Je n'en ai pas parlé avant dans le livre car hormis le harcèlement d'un gamin en primaire qui m'appelait « oreille-man » je n'avais rien vécu qui m'ait paru être une discrimination envers ma surdité. Cependant, comme vous avez pu le lire, j'ai souvent eu des personnes peu compréhensives qui m'ont mis dans de fâcheuses situations (mon professeur qui me rétorque « tu n'avais qu'à écouter » lorsque je lui demandais de répéter). Malgré tout, je crois qu'il est important d'en parler donc je le glisse dans ce paragraphe pour comprendre qu'on a aussi des progrès à faire au niveau de la compréhension du handicap. Cependant, là où l'homosexualité choque les mœurs, la surdité est banalisée bien qu'elle n'est pas correctement représentée et que peu de gens prennent soin d'en avoir quelque chose à faire que leur interlocuteur soit sourd.

Je vais donc maintenant parler du pouvoir des médias dans ce qui pourrait être fait. Curieusement, cela nous ramène au chapitre sur les représentations…

En effet, les médias télévisés ont aussi un pouvoir de représentation en invitant diverses personnalités publiques ou personnages. En l'occurrence, j'ai vu très peu de personnes malentendantes ou sourdes passer à la télévision bien que, heureusement, certains mettent des traducteurs en langue des signes et pensent donc quand même aux personnes sourdes. Évidemment, la lecture de presse, de journaux, de médias non télévisés existe et peut servir de support pour les personnes malentendantes mais il me semble que la lecture de journaux, par exemple, n'est pas la même que la lecture de sous-titres à la télévision. Ce serait comparer la lecture de livres à celle que l'on fait lorsqu'on joue à des jeux vidéo où l'on trouve de longs tutoriels et de longues histoires. La lecture, dans ces deux cas-là, me paraît très différente avec une forme d'interaction qui n'est pas pareille. Il en va de même pour les médias. Ainsi, comme pour les dessins animés, on devrait avoir des personnes plus visibles parmi celles porteuses de handicap.

Pour ce qui est de l'homosexualité, les médias ont, malgré tout, évolué et on voit beaucoup plus de personnalités publiques ouvertement homosexuelles qui peuvent servir de représentation. J'arrive à voir des personnes homosexuelles qui ne sont pas toutes clichées, ni même invitées pour être insultées ou taquinées sur le fait qu'ils soient homosexuels. Cela est un point positif bien que, dans certaines émissions, on retrouve encore beaucoup de problèmes d'homophobie banalisée.

Dans ces derniers paragraphes, je vais parler des réseaux sociaux. C'est une véritable révolution. Les réseaux sociaux ont un pouvoir d'influence démentiel et une capacité à détruire des vies en peu de temps. De tous les médias, ils sont les meilleurs pour aider comme pour détruire. Les réseaux sociaux sont la porte ouverte à n'importe qui, alors, forcément, on voit apparaître le phénomène de « haters », de cyberharceleurs et la panoplie d'influenceurs frauduleux. Je pense que je n'ai pas assez analysé tout concernant les réseaux sociaux étant moi-même tombé dedans. Je n'ai pas le recul nécessaire pour véritablement voir tous les enjeux. Je vais néanmoins parler de cinq choses que je considère comme extrêmement importantes. La première d'entre elles est l'addiction, la deuxième est l'industrie de l'image, la troisième est la comparaison permanente, la quatrième est l'espace commentaire, la dernière est la rapidité d'information.

Parlons réseaux sociaux, parlons addiction. Vous vous demandez sûrement quel est le rapport entre l'addiction aux réseaux sociaux et l'homosexualité ou la surdité. Le rapport réside dans le fait que l'addiction rend dépendant. Comme je l'ai dit précédemment, les réseaux sociaux ont un pouvoir de représentation car ils sont des médias. Que se passe-t-il lorsqu'on est dépendant d'une seule norme ? Oui, c'est exactement le même problème, on s'enferme dans ce que l'on connaît. Jamais nous ne découvrons quelque chose de nouveau. C'est d'autant plus dangereux que l'algorithme des réseaux sociaux nous fait consommer les contenus que nous aimons et nous enferme dans la boucle interminable de satisfaction pour nos schémas de pensée. Cela peut être anodin si on suit des comptes d'humour, des comptes d'influenceurs qu'on aime bien qui ne prennent pas position sur certains sujets. Or, notre addiction nous pousse souvent à passer une partie phénoménale de notre temps à juste consommer notre propre prisme. Cela signifie qu'on ne s'ouvre pas du tout à la différence alors que c'est justement ce qui pourrait aider à comprendre le monde qui nous entoure et se comprendre entre humains. Notre addiction participe à la matrice des médias. Prenons quelques exemples : un adolescent homosexuel qui ne consomme que du contenu qui lui plaît, comme de beaux mecs qui font des danses sexy, ne va-t-il pas augmenter ses attentes dans la vie réelle en termes de choix de garçon ? Quand on a une seule représentation, on a tendance à ne vouloir que ça et rien d'autre. Une fille qui voit sans cesse des tutos de maquillages pour être belle, ne va-t-elle pas se sentir moins belle si elle ne se maquille pas aussi bien ? Cela m'amène au deuxième point.

Parlons réseaux sociaux, parlons industrie de l'image. On constate que beaucoup de personnes sur les réseaux sociaux cherchent à se mettre sous leur meilleur jour et ne postent que cela. Certains finissent par avoir une représentation d'eux-mêmes qu'à travers les filtres qu'ils se sont mis sur la figure. Et voilà que n'importe qui peut travailler son image et l'utiliser à bon comme à mauvais escient. On voit des influenceurs qui disent un ramassis de propos homophobes et qui sont impunis. Cependant, ils préservent une belle image et beaucoup de gens consomment ce qu'ils disent. Pour peu que ces personnes aient un peu de renommée, elles peuvent encore avoir un pouvoir d'influence bien trop négatif. Cela touche à l'effet de halo dont je parlais dans le chapitre précédent ; on peut accorder du crédit à des personnes simplement car leur image nous laisse penser que le fond de leur pensée est juste. L'industrie de l'image pousse sans cesse à devoir être bien présentable tout le temps et fait presque culpabiliser certains quand ils sortent faire deux ou trois courses alors qu'ils ne se sont pas apprêtés. Deux dangers dans l'industrie de l'image, le rapport à soi-même qui baisse la confiance en soi, donc la facilité avec laquelle on peut faire son coming out par exemple, et les influenceurs qui déblatèrent des propos tendancieux ou illégaux mais que l'on va écouter car ils sont beaux selon les codes et normes du paraître.

Parlons réseaux sociaux, parlons comparaison. Sur ce point, je vais revenir un peu à un vécu personnel car j'estime qu'il peut m'aider à mettre en lumière ce phénomène. Quand j'étais plus jeune, plus gros et avec plus d'acné, je voyais beaucoup de garçons que je trouvais magnifiques et je voulais à tout prix leur ressembler. Je voulais littéralement être quelqu'un d'autre que moi-même et avait fini par détester mon corps. C'est extrêmement violent que de ne pas savoir s'aimer. Se comparer sur les réseaux sociaux entraîne aussi le fait qu'on peut le faire tout le temps. Quand les portables n'existaient pas, les seules personnes auxquelles on se comparait, c'était notre famille et nos amis. Cela limitait le nombre de fois où on pouvait se comparer et le nombre de critères sur lesquels s'autoévaluer. Chez soi, on ne se compare pas avec une vingtaine de personnes comme on peut le faire sur les réseaux sociaux en un temps record. Le pire, c'est que, tant qu'on a un téléphone et internet, on est capable d'avoir accès à tous les contenus et se comparer à tellement d'utilisateurs dont on ne connaît même pas l'histoire. Maintenant, on peut s'assimiler à des milliers de personnes. Il faudrait être comme lui pour ses talents culinaires, comme lui pour ses muscles, comme elle pour son éloquence, etc. Eh, oh, il faudrait surtout respirer. Je constate que dans le milieu gay, l'apparence est souvent primordiale. Je crois sincèrement que les réseaux sociaux en sont responsables. Certains influenceurs gays donnent envie d'avoir la même vie avec le même petit ami super canon et les mêmes délires ou encore les mêmes sorties en voyage. Tout paraît toujours idyllique et, pourtant, ce n'est sûrement pas toujours tout rose. Cependant, encore une fois, on se compare à eux et on se dit qu'on n'a pas trouvé de mec parfait. Encore une comparaison ridicule mais pour le moins présente. Elle est d'autant plus présente chez les adolescents qui découvrent le monde et choisissent très vite ce qu'ils veulent, sans appréhender un minimum ce qui tient de la réalité ou de l'image. Le collège est sans doute la pire période pour ce qui est de la comparaison car c'est un âge où tous les adolescents commencent à former leurs groupes, leur personnalité propre, leurs idéologies et où ils s'opposent plus ou moins à l'éducation parentale. Laissés dans le pandémonium des comparaisons, beaucoup se trouvent moches, d'autres pas comme ils devraient être et s'enfoncent dans de graves troubles psychologiques comme la dépression. Personnellement, je sais que lorsque mes potes parlaient de filles, je parlais de filles et jouais le jeu. J'étais terrifié à l'idée de dire : « Et moi, regardez le beau gosse que j'ai vu sur Instagram. » Premièrement, ça ne les aurait pas intéressés et deuxièmement, j'avais peur de finir seul s'ils jugeaient mon homosexualité comme à écarter. C'est en partie ma comparaison avec eux et avec les garçons hétéros sur les réseaux qui m'a fait mettre de telles barrières. Donc, parents, je vous en conjure, apprenez à vos enfants à s'aimer tels qu'ils sont pour qu'ils n'aient pas à se comparer à tout le monde dans le but de trouver leur place.

Parlons réseaux sociaux, parlons espace commentaires. Ce paragraphe sera court. Les espaces commentaires sont le lieu où se rencontrent les personnes sous leurs vrais profils et ceux sous l'anonymat. C'est un espace où seuls les mots comptent. Il n'y a plus d'humanité mais des pseudos par milliers. Je vois vraiment ces espaces commentaires comme le déversoir de tout un chacun. Les uns encouragent, les autres insultent, d'autres imposent leur vision du monde et cela finit par être un bordel monstrueux. On y trouve bien trop de propos discriminants en tout genre qu'il serait nécessaire de contrôler. Il devrait y avoir un département de police spécialisé uniquement dans la gestion des commentaires sur les réseaux sociaux. Si vous lisez des commentaires, il faut absolument être prudent et ne pas se laisser atteindre par la quantité de choses absurdes que l'on peut y trouver. Heureusement, on y trouve tout de même beaucoup de personnes bien intentionnées. Parents, si les réseaux sociaux sont interdits à partir d'un certain âge, ce n'est pas pour rien. Cela peut être foncièrement nocif pour vos enfants, surtout s'ils n'ont pas la maturité nécessaire pour prendre ce recul avec les textes écrits par n'importe qui.

Parlons réseaux sociaux, parlons rapidité d'information. Les réseaux sociaux sont le lieu où tout va vite. On est au courant de tout, tout le temps. Tout le monde donne son avis, ses références et on est embarqué dans le tourbillon. La vitesse de l'information participe à l'addiction car on a directement ce que l'on veut, sans même connaître la frustration d'attendre. La vitesse de consommation est telle qu'on peut trouver plein de vidéos sur les défenseurs des droits des animaux comme sur des personnes qui parlent la langue des signes en un ou deux clics. On est tellement dans la rapidité qu'on oublie de juste prendre du recul encore une fois. La vitesse participe à la matrice, donc attention. La vitesse, c'est aussi ce qui fait que l'on ne s'arrête pas forcément quand on lit quelque chose de déplacé. Sans le vouloir, on fait défiler les informations et celles qui ne nous plaisent pas, on les supprime ou on les passe. Pourtant, nous devrions prendre l'habitude de signaler les contenus inappropriés. Attention tout de même à ne pas voir le mal partout.

Je veux rester concis sur la partie des réseaux sociaux donc je vais m'arrêter là mais il faut vraiment comprendre qu'ils sont des déclencheurs de beaucoup de problèmes au sein de nos sociétés et je recommande de ne pas laisser les enfants y avoir accès, c'est mieux pour tout le monde. Je vois encore trop de gamins de dix ans ou moins qui sont sur les réseaux sociaux alors que la majorité numérique est à 15 ans en France. Instagram interdit même les adolescents de moins de treize ans à s'inscrire dessus. Parents, surveillez un minimum vos enfants lorsqu'ils ont accès à internet car cela peut être dévastateur pour eux.

Dans le prochain chapitre, je vais parler de l'hyper sexualisation dans le milieu LGBT.

La sexualisation

Dans ce chapitre, je vais aborder un nouveau sujet, c'est une notion de sexualisation du corps qui est un problème que j'associe principalement au patriarcat. À mon sens, c'est une volonté de certains hommes de domination sur la femme qui a entraîné sa sexualisation. C'est ce que je pense car, à l'instant où on impose quelque chose à quelqu'un que l'on cherche à posséder sans lui laisser ses libertés légitimes, il me semble normal que cela puisse dériver sur le plan sexuel si des personnes ne savent pas gérer leurs pulsions.

J'ai souvent remarqué que les garçons homophobes sont moins dérangés par l'homosexualité chez les femmes car ils les sexualisent. C'est très simple, ils aiment le corps des femmes mais quand il s'agit de deux hommes, là, ils imaginent directement la relation sexuelle et ils considèrent cela comme sale ou foncièrement malsain. Ils gardent cette sexualisation permanente et l'appliquent même dans des domaines sur lesquels on ne leur demande pas leur avis. Ce ne sont pas des arguments valables pour restreindre les libertés légitimes des personnes LGBT. Le problème est que, pour eux, il n'y en a pas. Cela rentre dans un conflit de mœurs entre ceux que je considère et considèrerai toujours comme mal éduqués et ceux qui cherchent à rendre la société plus sécure. Cela découle des problèmes de virilité toxique avec des hommes qui n'arrivent pas à voir autre chose que ce qui vient avec leur égo et qui ont un pénis à la place du cerveau.

J'ai donc parlé du patriarcat rapidement, en son état de puissance sexuelle sur les femmes et en ce qu'il rend foncièrement abrutis certains hommes au-delà de la relation avec les femmes mais je crois remarquer cette tendance patriarcale même entre deux hommes.

J'ai souvent vu deux garçons avec une personne qui paraît presque dominer l'autre. Je l'observe tellement que, même chez ceux qui ne cherchent que des relations sexuelles, on retrouve fréquemment des personnes qui ont des rapports sexuels avec d'autres garçons qui, soit dominent, soit aiment rester passifs, au-delà d'un simple attrait pour le côté actif ou passif. Il y a là un aspect curieux dans le sens où certains prennent comme une place de femme et d'autres comme la véritable place de l'homme dominant suivant le modèle patriarcal. Dans certains couples, on retrouve subrepticement un rapport de force pour comprendre qui est dominant et qui est dominé. Il y a une sorte de schéma psychique, peut-être rassurant, qui fait que des garçons aiment se sentir dominés et d'autres assouvir leur pulsion qui correspondrait au modèle de virilité. Il y a un phénomène psychique derrière qui me pousse à croire que l'homme se complaît dans ce qu'il connaît indépendamment du fait que ça puisse le faire souffrir ou le mettre mal à l'aise. Je dirais même que les valeurs deviennent moins fortes que le pouvoir des habitudes et du mimétisme social. C'est par une forme de reproduction de ce qu'on voit en société qu'on agit en corrélation avec ce qu'on attend de nous. Il serait peut-être temps de se réveiller et de réfléchir à nos automatismes et à notre psyché pour avoir le contrôle de cette dernière afin de créer un monde plus serein et moins malade. Attention, je ne dis pas qu'il faut modérer les rapports sexuels avec la notion de domination, cela ne me regarde absolument pas. Je veux surtout soulever certains rapports de force qui ne s'instaurent pas forcément sainement et plus par automatisme, voire conformisme.

On retrouve également beaucoup d'hommes qui en sexualisent d'autres. Lorsque j'ai rencontré des garçons en crop top, comme avec les femmes, certains hommes ont déblatéré des réflexions désobligeantes sur leurs envies de faire des choses sexuelles avec. J'ai encore du mal à concevoir qu'un bout de chair puisse à ce point pousser des personnes à être irrespectueuses. Nous ne sommes pas des bêtes de sexe et quand bien même nos hormones nous jouent des tours lorsqu'on est attiré par quelqu'un, on peut au moins filtrer nos paroles pour ne pas dire d'obscénités qui peuvent mettre très mal à l'aise autrui.

Au-delà de ces réflexions, dans beaucoup trop de conversations que j'ai eues avec des hommes intéressés par moi, il y en a qui disaient vouloir mon corps avant même de me dire bonjour. C'est ce que j'appelle l'hypersexualisation où n'importe qui peut être l'objet d'un désir sexuel alors qu'aucune relation de confiance ou simplement de politesse n'a été établie. Je précise évidemment que ce n'était pas sur des sites de rencontre mais bel et bien sur Instagram, un réseau social censé être neutre en termes de rencontre sexuelle. Je ne dis pas qu'il ne faut pas forcément tenter sa chance en parlant avec quelqu'un. Pourquoi pas, si ça se trouve, les deux partis sont intéressés par la même relation. Je dis juste qu'il n'est pas normal d'avoir des hommes qui débarquent et qui disent juste « top ou bottom » ou encore « toi ça se voit que tu suces ». C'est une réalité du monde LGBT qui est assez violente. Je n'ai rien demandé à personne et à peine je poste une photo de moi en story que j'ai un goujat qui vient me demander ce que j'aime sexuellement. Franchement, ça ne tue pas de juste dire bonjour pour commencer. Ce serait toujours ça de gagner…

Encore une fois, je pense que l'éducation est importante pour changer ces mentalités et en préserver les générations futures. Rappelez-vous, la sexualité n'est pas un tabou et surtout à l'adolescence. Il faut former au consentement, à comprendre les avis extérieurs, à canaliser ses pulsions sexuelles pour pas que d'autres puissent se sentir mal à l'aise ou blessés. L'éducation, c'est aussi parler de nos hormones, que tout ne se contrôle pas forcément et que ce n'est pas grave, le tout est de ne pas embêter les autres avec nos propres états. Dans une société civilisée et éduquée, on ne devrait pas avoir autant de problèmes autour de l'hypersexualisation que ce soient des femmes ou des hommes (bien que ce soit plus le cas dans le milieu gay concernant les hommes). De plus, j'ajouterais qu'il y a suffisamment de moyens de trouver des endroits spécialisés dans les contenus et rencontres à caractères sexuels pour ne pas venir sur les réseaux sociaux chercher des personnes qui n'ont rien demandé.

Ce sont ces façons d'agir qui me laissent une forte impression de patriarcat qui ne s'exercerait pas uniquement sur des femmes mais aussi sur les hommes. Nous devrions contrôler et encadrer nous-mêmes nos propres pulsions. Après tout, nous n'avons pas besoin d'être forcément pieux et religieux pour savoir se contenir.

Dans le prochain chapitre, qui sera le dernier, je vous parlerai du conflit religion et homosexualité qui peut exister.

Religion et homosexualité

Je tiens à préciser, *a posteriori*, qu'aucune religion dans leurs textes fondamentaux n'interdit l'homosexualité et les sentiments que l'on peut avoir pour quelqu'un du même sexe. En revanche, certains textes condamnent l'acte sexuel de la sodomie. Je tiens à clarifier que c'est le cas autant chez deux personnes du même sexe que chez des personnes de sexe opposé. En ce sens, les écrits qui forment le fondement même des religions n'ont aucun problème avec l'homosexualité. D'autant plus que ce qui était principalement condamné était l'acte sexuel en tant que violence et on ne parlait pas du sentiment amoureux. Les termes « homosexualité » et toutes les autres notions d'amour homosexuel ne sont apparus qu'au 20e siècle. Je ne connais aucun prophète ayant vécu à cette époque. Donc, aucun qui aurait pu condamner quoique ce soit.

Cela signifie qu'il s'agit d'un problème purement axé sur une organisation religieuse qui représente en partie ces religions. Je tiens encore à rester précis : tous les membres ecclésiastiques ne sont pas opposés à l'homosexualité et certains défendent même les droits des personnes LGBT. Cependant, l'homosexualité est très mal vue dans les pays très influencés par la religion. L'homosexualité est passible de mort dans les pays islamistes par exemple. Il existe donc forcément un lien entre la religion et la peine capitale. Je pense que c'est en partie lié au fait que dans nos anciennes sociétés, l'esclavagisme, la torture ou la peine de mort, tout était monnaie courante et ne choquait pas les mœurs. Ainsi, les histoires racontées dans les textes religieux se réfèrent aux lois existantes il y a plus de dix-neuf siècles. Cela veut donc dire que certains ont décidé de stagner dans une autre époque sur le plan législatif. La paix cherchée dans les religions monothéistes demeure possible que par une loi stricte dépendante de l'interprétation des textes sacrés. Or, aucun texte ne précise comment réagir vis-à-vis de l'homosexualité, tout comme rien n'est indiqué sur l'utilisation des téléphones portables. Si ça se trouve, Jésus, qui n'était pas du tout adepte du portable et qui ne communiquait qu'avec des anges se retrouve déboussolé par ces nouvelles technologies qu'il n'avait pas vu venir ! Je pense que c'est pareil pour l'homosexualité. Alors, jusqu'à ce qu'un nouvel homme soit capable de provoquer des miracles en prêchant la parole de Dieu et condamne l'homosexualité, nous n'aurons jamais de textes contre l'homosexualité en tant que sentiment amoureux. En France, le pays étant laïc, les lois ne sont pas celles de la religion mais celles des hommes indépendamment des préceptes religieux.

Comprenez bien, chers lecteurs, que si vous lisez la Bible, le Coran, des textes sur le Bouddhisme, le Shintoïsme, l'Hellénisme ou autres religions ou philosophies de vie, vous ne trouverez que des messages de paix et de bienveillance envers le sentiment amoureux, quel qu'il soit. Le problème n'est pas à la racine même de la religion mais bel et bien des Hommes qui la représentent et qui sont restreints dans leurs visions du monde. La plupart de ceux que je dénonce prônent l'amour pour leur prochain alors même qu'ils vont mettre à l'écart la personne homosexuelle parce qu'elle serait l'œuvre du diable, du Sheitan et qu'elle ira en enfer ou quelconque autre lieu peu accueillant dans une vie après la mort. En effet, en plus du jugement de l'homme sur l'homosexuel, Dieu lui-même condamnerait pour l'éternité les hérétiques comme il se doit. Après tout, c'est une abomination que d'être homosexuel et l'enfer est le lieu propice à les punir. Est-ce un péché ou un crime ? Est-ce une faute ou une erreur de parcours ? À quel degré est-ce puni en enfer ? Tout cela m'intrigue grandement. Après m'être renseigné sur les différents cercles de Dante en enfer, je me suis amusé à imaginer dans quel sous-sol je serai. *La divine Comédie* m'a beaucoup diverti ; elle raconte un voyage décrivant chaque niveau de l'enfer avec tous les crimes qu'il faut commettre pour arriver dans telle ou telle zone. Ma foi, sachez que les traitres n'ayant pas su recevoir leurs invités sont nez à nez avec Lucifer lui-même dont les ailes créent un givre mortel mais, les âmes étant immortelles, tous ne peuvent qu'agoniser éternellement. Je trouve qu'il y a beaucoup de place en enfer quand même, il doit y avoir plus de dix fois la superficie de la terre, sans rire, pour loger chaque génération de criminels, d'avares, de gourmands, de débauchés et de trompeurs. L'homosexualité serait donc au même titre que tous ces penchants et vices humains ? Drôle de raisonnement…

Si le problème est celui des humains et qu'ils ont un esprit étroit, ces hommes de foi n'ont, à mon sens, rien à faire à leur place d'interprètes de la parole de Dieu ou de dieux. Leurs esprits sont bien trop faillibles et ils sont soumis aux tentations. Pour plusieurs d'entre eux, nous retrouvons des violeurs, des avares, des avides et j'en passe. Je pense qu'il serait intéressant d'écouter des cultes réformés qui vivent dans l'ère du temps, plutôt que ceux qui restreignent tout au nom d'une paix qui n'a de paix que le nom ! Aucune paix ne devrait pouvoir naître de la souffrance ou de la mort. Ce n'est pas ma définition de vivre en paix, ni même de mourir en paix, car après avoir vécu une vie à se juger les uns les autres à partir de textes que l'on peut tous interpréter différemment, comment pouvons-nous reposer l'âme en paix ?

Selon moi, il est immoral de trouver la paix à travers le conflit. Alors, traquer les homosexuels n'est pas un acte au nom de la paix et de Dieu mais un acte au nom de l'infamie et du crime. Je vous le répète, l'homophobie, au-delà de ne pas pouvoir être morale, est illégale !

Maintenant, je vais vous parler de ces personnes qui déguisent leur homophobie derrière la religion, ceux que je méprise. Ceux-ci n'ont ni le droit d'emprunter des textes sacrés pour discriminer ni le courage d'utiliser leurs propres pensées pour blesser psychologiquement ou physiquement. Ceux-là sont, en plus d'être des lâches, des personnes qui ne savent pas réfléchir. Un penseur est celui qui peut conceptualiser au-delà de ce qu'il a appris. Un penseur, c'est quelqu'un capable d'une logique qui se veut morale et non à des fins destructrices. Ces homophobes qui n'ont ni capacité de penser, ni valeur humaine, sont des personnes dangereuses.

La religion, de son étymologie latine *religio*, est ce qui rattache et rassemble par définition. Si des personnes s'agglomèrent entre individus qui en discriminent d'autres, il persiste un problème et une incohérence avec le rôle de la religion. Ces pseudo-religieux qui incriminent les homosexuels ont malheureusement un pouvoir d'influence sur les jeunes ou sur ceux déjà endoctrinés. En effet, la religion est présente dans tant de familles qu'il serait improbable que des règles de vies n'en découlent pas. Ces dernières sont souvent éclairées par les membres ecclésiastiques lors des rassemblements religieux. Alors, pour peu qu'un prêtre ou un imam commence à prêcher des paroles de haine envers les homosexuels, on peut imaginer les répercussions sur la façon de vivre des personnes qui ne filtrent pas leur éducation qu'elle soit religieuse ou parentale. Les parents peuvent donc encore jouer un rôle dans l'éducation à la haine de l'autre et à l'homophobie.

Si la religion elle-même n'est pas le problème, il faut instaurer des lois qui encadrent les pratiquants dans le domaine privé car ces pseudo-religieux sont, en plus d'être profanes, des vecteurs de haine et deviennent une source de violence qu'elle soit physique ou psychique au sein même des foyers. Tant qu'il y aura des religieux pour véhiculer de la haine, il y aura un conflit religion et homosexualité car il est du devoir des instances religieuses de gérer leurs partisans et leurs représentants.

Cela n'empêche pas que beaucoup d'homosexuels aient des croyances, notamment monothéistes. Je précise car, dans les religions polythéistes, les homosexuels n'ont rien à craindre, ni même toute autre personne de la communauté LGBT. Mais, ce sont des croyances plus anciennes encore que les religions monothéistes et, dans nos sociétés, elles sont très souvent associées simplement à des mythes et légendes, bien que beaucoup de croyants en ces dieux persistent de nos jours.

Les homophobes qui sont athées ont au moins le mérite de ne pas pouvoir se réfugier derrière une quelconque autre volonté que la leur pour nous brutaliser. Cependant, il est tout aussi grave de chercher à blesser autrui à cause de son orientation sexuelle que l'on soit athée ou croyant. Il s'agit d'une certaine éthique à avoir. Je pense que la base de l'éducation est qu'on ne fait pas à autrui ce qu'on n'aimerait pas qu'on nous fasse. Cela est une base morale.

Pour avoir un regard géographique sur l'influence de la religion, on voit très bien que les extrêmes catholiques aux États-Unis sont d'une violence monstrueuse envers les personnes LGBT, que ce soit par la torture pour les « soigner » avec les thérapies de conversion ou par le rejet strict des personnes LGBT en tant que paria. En regardant au niveau du Moyen-Orient, nous constatons que les états islamisés et radicaux punissent l'homosexualité par la prison ou par la mort. Parfois, la religion a donc pris un tournant politique et légal néfaste à bien des égards. Les hommes peuvent vraiment faire des folies et assouvir leurs pulsions de violence au nom de Dieu car cela les arrange d'avoir un juge supérieur !

Pour conclure ce chapitre, qui me semble important, je veux dire que les êtres les plus pieux que j'ai rencontrés ne m'ont jamais rejeté. Certaines personnes qui prient fidèlement, qui m'ont raconté leur parcours avec dieu ou certains saints et anges gardiens, n'ont manifesté à mon égard aucune haine et aucun rejet. Ces personnes m'ont fait grandir car j'avais laissé croître en moi une certaine colère envers les religions quand j'étais plus jeune à cause de cette homophobie. J'avais fait un amalgame en me disant que tout était à rejeter car cela me paraissait n'être qu'un ramassis de bêtises. Et pourtant, quand j'ai véritablement lu les textes religieux comme la Bible ou le Coran, il m'est paru évident que j'avais jugé bien trop vite par le passé. En rencontrant ces personnes, j'ai revu mon éducation dans la religion catholique sous un autre angle. Je précise que cela ne m'a converti à aucune foi mais que je les respecte profondément car leurs messages sont véritablement beaux et il me semble indéniable que quelque chose de grand nous dépasse et nous dépassera toujours. Concernant les autres, ceux qui n'ont jamais fait que mal me regarder ou me rejeter juste parce que je suis homosexuel, ceux-là sont hypocrites envers eux-mêmes dans leur pratique religieuse. Je suis convaincu que la foi la plus pure est dans la découverte de Dieu et le dialogue avec lui. La véritable foi ne réside pas dans le jugement par les hommes sur les autres hommes ; cela tient de l'État. Si Dieu existe, il saura choisir ceux qui suivent ses enseignements autour de l'amour dans une vie après la mort. Nous verrons bien qui d'entre ceux qui aiment et ceux qui tuent iront en enfer !

Postface

Dans ce livre, j'ai donc abordé les sujets autour de la surdité et de l'homosexualité qui me touchent directement par mon vécu. C'est à partir de mon histoire que je me suis posé des questions et que j'ai mis en exergue l'importance de l'éducation, les tares de la société actuelle, les conseils possibles à prendre en compte et surtout que j'ai pu m'adresser directement à vous.

C'est la prise de conscience individuelle qui permet la prise de conscience collective, je le crois. Puisque c'est la littérature qui sert de support à la pensée, alors j'ai écrit ce livre que je vous dédie, lecteurs, comme le présent d'un littérateur ou d'un éveilleur de conscience.

Remerciements

Je tiens à remercier en premier lieu ma mère qui a grandement contribué à la réalisation de cet ouvrage par nos nombreuses relectures ainsi que par sa participation pour retranscrire le parcours du diagnostic de malentendant. Je tiens également à la remercier en tant que fils pour m'avoir aussi transmis beaucoup des messages d'amour et de tolérance dont je parle dans mon livre.

Je remercie également les proches que j'ai sollicités pour relire mon texte, surtout mes brouillons, et qui m'ont donné un avis constructif dessus.

Je remercie tous ceux qui m'encourageaient à continuer d'écrire avant même d'avoir lu l'ouvrage. Ma motivation a pu être à son apogée grâce à eux.

Enfin, je vous remercie lecteurs, sans qui ce livre n'aurait pas d'autre valeur que celle du papier utilisé pour rédiger mes pensées.

Imprimé en France
Achevé d'imprimer en août 2024
Dépôt légal : juillet 2024

Pour

Le Lys Bleu Éditions
40, rue du Louvre
75001 Paris